# RADIO ETHIOPIA

# ラジオ・エチオピア

蓮見圭一

文藝春秋

Keiichi Hasumi

# ラジオ・エチオピア

装画　民野宏之
装幀　鶴　丈二

# 1

ちょっと前に、女をひっかけた。いや、ひっかけられたのは僕の方だったのかもしれない。渋谷で飲んでいたら10時過ぎに小暮さんの携帯が鳴り、しばらくして彼女が店に現れた。

「あなたの本、読みました」

小暮さんから紹介を受けるよりも先に彼女はそう言った。それから何人もの友人に勧めたと話し、僕が書いた文章のいくつかを口にした。そして、一つひとつの文章のどこがどう気に入っているのかについて説明した。僕はただびっくりして聞いていたけれど、小暮さんは横でくすくすと笑っていた。

「お誕生日はいつですか？」正面の椅子に腰かけると、彼女は僕にそう訊ねた。

「10月1日」

「偶然ね。私も10月生まれの天秤座なのよ」

「何日？」

「ジョン・レノンと同じ10月９日の生まれよ」

「じゃあ」と小暮さんが言った。「握手でもしたらどう？」

「そうしようか」

「そうしましょうよ」

僕たちはテーブルを挟んで握手をした。その時、彼女は僕の掌に中指を立てた。僕も同じようにしてみた。ちょっぴりだけれど、尖った爪先が痛かった。そうしている間にも、彼女の携帯は頻繁に鳴った。

「あの女、東大を出ているんだ」

電話をかけるために彼女が席を外すと、小暮さんがそう言った。僕は黙って頷いた。そう聞かされたところで、どう反応すればいいのか分からなかったから。

「彼女、結婚しているんですか」

「前に結婚していて、５つか６つになる娘がいる。年は31、だったかな。気に入ったか」

僕は曖昧に頷いた。相変わらず、どう答えていいのか分からなかった。受け取ったばかりの名刺にはこう書かれていた。

片山はるか
著述、通訳・翻訳(英・仏・独・中国語)
世田谷区等々力3-34-1-301
03-5452-1557

戻ってきた彼女に何か耳打ちをすると、小暮さんは「じゃあな」と言って、そのまま帰っていってしまった。小暮さんがいなくなると、彼女はふっと息を洩らし、「あの女たらし」と呟いた。それは、事実だ。小暮さんは3回も離婚をしていて、それでもまだ懲りていないのだから。

「小暮さんとはどういうご関係なの?」と彼女は訊ねた。

「年の離れた友だち、かな。たまに会って飲む」

「いつお知り合いになったの？」

「4年か5年くらい前」

「4、5年前に知り合って、たまに飲む程度じゃ、単なる友人ないしは知人といったところね」

単なる友人ないしは知人――普通の女だったら、まず使わないような言い回しが妙に心に残った。

「そうかもしれない」

「お友だちと友人とでは、まるで意味が違うような気がする。お友だちが出来るのはせいぜい高校生くらいまでで、その後に知り合って仲良くなった人が友人。でも、それ以上の仲になれる人もたまにいるわ」

「そういう人のことは何て言うの？」

「さあ、何て言うのかしらね」

それから彼女は、家と家庭、妻と女房、旅と旅行、愛と恋愛の違いについて説明し、こんなことを言った。

「私は女房よりは妻になりたいし、旅行ではなく旅をしたい。恋愛をするのは大好きだけれど、そのへんで進行しているのは中身のない、行きあたりばったりの、どれも見せかけの恋愛よ。かく言う私も散々そんな恋愛をしてきたのだけれど」

　かく言う私——やはり、そのへんの女とはどこか違うような気がした。

「私、ちょっとお喋りしすぎたかしら」

「話が上手だから聞いていて退屈しない」

「ありがとう、そんなふうに言ってくれて。高校生の頃は、毎年、弁論大会で優勝していたのよ。吹奏楽部にも入っていて、クラリネットを吹いていたの。木管楽器なら何でも吹けるし、ピアノもヴァイオリンも得意だった。でも結局、どれも中途半端で。要するに私は器用貧乏なのよ。あなたが羨ましいわ」

　そう言うと、彼女はハンドバッグから僕が書いた小説を取り出し、サインをして、と言った。

「字が下手だからサインはしたことがない」

「じゃあ、次に会った時にして。それまでに、あなたにふさわしいサインを考案しておく」

「片山さんが、僕のサインを？」

「そうよ。任せておいて、書道も得意だったんだから。前に、ある雑誌の編集者に頼まれて首相宛ての手紙を代筆したら、何日かして秘書官から編集部に電話がかかってきたそうなの。首相がこの手紙を書いた人に会いたがっている、って。だから、期待して」

「首相には会ったの?」

「まさか。それほど暇じゃないわ」

よく喋る女だった。思い返せば、彼女はいつも何か喋っていた。自分の生まれた土地や卒業した学校、いまの仕事の細かな内容まで問わず語りに何でも喋った。地方都市の市長をしていた父親が業者からずいぶん賄賂を受け取っていたとか、いまは生理中で生理痛がいかにひどいかということまで喋った。

「昨日が一番重くて、一日中、横になっていたの。お薬を飲んでも効かないのよ。何しろO型だから」

「僕もO型だよ」

「きっとそうだと思った。だって、私たち、とっても気が合うんですもの」

「そうかな」

「そうよ。そうに決まっているじゃない」

会話はすべてこんな調子だった。

彼女は忙しく両手を動かしながら話をした。ブラウンのマニキュアを見て妻のことを思い出してしまい、彼女に気づかれないようにそっと腕時計を見た。あと何分かで午前4時になる。妻子持ちにとっては、ちょっとした時間だ。

窓の外が白み始めた頃、彼女は膝に置いていた本を広げ、気に入っているという何箇所かを朗読した。張りのある、低い声だった。それでいて、とても女らしい響きがあった。周囲の視線などお構いなしに、彼女は真剣な眼差しで朗読を続け、時折、ここが好きよ、と言った。褒め言葉はいつだって美しく響く。よく見ると、顔立ちだって悪くない。本人の申告によれば、彼女は162センチ、45・5キロ。アン・クラインの羽二重の巻きスカートを穿き、左手の中指に一カラットくらいのダイヤのリング、薬指にもプラチナの指輪をしている。細い眉に、パールのアイシャドーが何とも言えず妖艶な感じがする。肌が弱いのか、吹き出物がいくつかあるのが気になったけれど、「SASHU代官山」のデザイナーが手がけたというミディアムのボディパーマが小造りの顔によく似合っていた。

その夜は二人でずいぶん飲んだ。最後にグラッパを注文し、横並びに腰かけて話をした。というか、いくぶん戸惑いながら彼女の褒め言葉に耳を傾けていた。僕の本を褒め称える一方で、彼女は何人かの小説家の名前を挙げ、その一人ひとりに素っ気ない評価を下した。羽二重の手触りの良さを知ったのはこの時だ。

店を出た時は6時を回っていた。動きの鈍いエレベーターの中で最初のキスをし、鼻先をうなじに押しつけて何度も彼女の匂いを嗅いだ。それまでに一度も嗅いだことのない甘い匂いがした。近所の紅茶専門店が販促用に配っている石鹸の匂いだという。僕はその匂いが気に入り、彼女のことも気に入った。

外はもう明るく、カラスが路上のゴミを漁っていた。早朝出勤の人たちに混じって渋谷駅の方へぶらぶらと歩き、いくつか質問をしあって意味もなく笑った。彼女は携帯の裏に貼ったプリクラを見せ、もうじき6歳になるという娘の話をした。娘は首にヴァイオリンを当てて、少し困ったような目でこちらを見つめている。芸大の講師にヴァイオリンを習っていて、来月には最初の発表会があるのだという。小さな娘がいるというのに、少しも時間を気にかけている様子がない。それがちょっと不思議だった。

「プリクラにしては写りがいいね」と僕は言った。

「写りがいい？　確かにそうよね」彼女は声を出して笑った。

「何がおかしいの？」

「娘の父親が撮ったのよ。彼、JPS所属のカメラマンなの、一応はね」

「それは失礼」

「いいのよ、気にしないで」

コンビニに寄って缶ビールと『サッカー・マガジン』を買い、タクシーを捕まえたのが7時ちょうど——理論武装が必要な時間帯だ。後部座席で缶ビールを飲みながらいくつか口実を考えてみたけれど、面倒くさくなって、ベルギー代表チームの戦力分析の記事を読んだ。日韓共催のワールドカップの開幕は2ヵ月後に迫っていた。

「サッカーがお好きなの？」

「うん。片山さんは？」

「私はラグビーの方が好き。でも、今度のワールドカップにはとても興味があるの。日本はきっと勝ち進むわよ」

「そうかな」

「大丈夫、私が応援するんだから。学生時代、私が神宮へ応援に行ったら、東大の連敗が17だか18だかで止まったくらいよ」

僕たちは交替で雑誌を読み、好きな選手の話をした。彼女はフランス代表のアンリのファンで、僕はナイジェリアのオコチャがお気に入りだった。パリ・サンジェルマンに所属するオコチャのプレーが観たくて、2度もフランスへ出かけたくらいだ。

「煙草を吸ってもいいかな」と僕は訊ねた。

「もちろんよ。私も吸うわ。二人してこの世界を煙に巻いてやりましょうよ」

「それもいいね」

煙草に火を点けて窓を開けると、3月の終わりの、生暖かい空気が車内に入ってきた。

道玄坂上を過ぎると、桜が見えた。八分咲きくらいだろうか。もう春だ。

「よかったら、フランスとセネガルの開幕戦を一緒に観ましょうよ」

「うん、そうしよう」

「じゃあ、二人だけで観られる場所を探しておいて」

「ホテルでも予約しようか?」

「それならウエスティンホテルがいいな。あそこがとても気に入っているの」

「僕はお台場のメリディアンが気に入っている」

「あそこもいいわよね」

「ともかく、最高の部屋を予約しておく」

朝っぱらから缶ビールを飲み、浮世離れした話をしている客のことが気になるらしく、運転手はバックミラー越しに、しきりにこちらの様子を窺っていた。

等々力のマンションまで彼女を送り、その日は第三京浜で横浜へ帰った。彼女を見送った後、タクシーの中で鼻歌なんか歌っていた。曲目はジャド・フェアーの『アイ・フィール・ファイン』。いい気なもんだ。

煙草を切らしたので自販機の前でタクシーを降り、野毛山公園を横切ってマンションの方へ歩いた。公園を抜けると、ちょうど葉子が息子たちを車に乗せているところだった。幼稚園の制服を着た子供たちは、僕の姿に気がつくと大はしゃぎで両手を振り回した。僕も手を振って応え、彼らのところへ駆け寄ろうとしたけれど、葉子は二人を中へ押し込み、すぐに車を出した——かなり冷たい感じ。

# 2

2日後、分厚い速達が部屋に届いた。話していた通りの達筆だった。手紙には何種類ものサインが書かれていた。気に入ったサインを選んで、上からなぞって練習してください。彼女はそう書いていた。他にも色々なことが書かれていた。文字が上手いせいか、一つひとつの言葉に含蓄があるような気がした。

お礼のメールを出すと、すぐに返信メールが届き、夜中には電話で2時間も話をしていた。彼女の声は、やはりとてもいいと思った。そう話すと、彼女は「声だけなの?」と言って笑った。

「ねえ、あなたからの携帯の着メロをバッハにしたのよ」

「へえ。曲は?」

「カンタータ第147番の『主よ、人の望みの喜びよ』。いま、聴かせてあげる」

すぐにデジタル音のバッハが流れ、メロディーに合わせてハミングをする声が聞こえた。その向こうから母親らしき女の声がしたけれど、彼女は「気にしないで」と言って携帯のボリュームを上げた。

「バッハ以前にバッハなし、バッハ以後にもバッハなし。バッハはこの世の何よりも素晴らしいわ。いつも聴いていたいから、どんどん電話してね」

彼女はカール・リヒターやグレン・グールドの話をし、近いうちに一緒にバッハを聴きに行きましょうと言った。そして、もう一度、誰もが知っているコラールを再生した。

「学生の頃の写真が見たい」

何の気なしにそう言うと、真夜中に画像が送信されてきた。東大の先輩とバリ島へ旅行した時の写真だという。19歳の彼女は男物のサングラスをかけ、ニュージーランド・オールブラックスのユニフォームを着て微笑んでいる。ストレートのロングヘアで、化粧気はほとんどない。色が白く、この前会った時よりももっとほっそりとしていた。いまはない八重歯と右目の下の泣きボクロが可愛らしく、眉毛もまだ自前だった。写真で見る限り、学生時代の彼女は可愛らしくはあってもさほど綺麗な子ではない。そんな子が時間をかけて自分を磨き上げた結果、いまの彼女はほとんど綺麗だと言ってよかった。でも、それだけのことだったら、彼女と付き合おうとまでは思わなかっただろう。僕は彼女の言葉に、とりわけ書き言葉に打たれたのだ。

写真と一緒に送られてきたメールには、こう書かれていた。

〈一緒にバリ島へ行った彼は、いまは法務省に勤めています。実はゆうべも電話で誘われたのですが、丁重にお断わりしました。私は別の人のことを考えていたから。……あなたのことを考えていたのよ。そしたら、何だか急に息が苦しくなった。とても苦しかった。あなたのせいよ。

もっと、もっと、お話ししたいことがたくさんあるのよ。伝えたいことも、聞きたいことも。どこでもいいから、あなたと一緒に開幕戦が観たい。一緒に見られる、わよね？

haruka〉

*

その日は朝まで部屋で仕事をした。というか、眠れないまま、ずっとパソコンの前に座っていた。呆然としていた、そう言ってもいい。

窓の外が明るくなるのを待って、プリントアウトしたメールを持って野毛山公園まで散歩に出かけた。3月末の、とても気持ちのいい朝だった。いつものように水色のペンキを塗ったベンチに腰かけて、もう一度、彼女が書いたメールを読んだ。甘い紅茶の匂いや細長い指の感触を思い出しながら、同じ箇所を何度も読んだ。

あなたのせぃよ、か。

その箇所に差しかかるたびに、なぜか溜め息が出た。ひょっとしたら、この女に捕まっちゃったのかな？　捕まったりしてはいけないのだけれど——とりわけ、こんなメールをよこすような女には。それなのに溜め息がとまらなかった。

公園では雀が鳴き、老人たちがラジオ体操を始めるところだった。彼らの一日の始まりは、僕にとってはいつも一日の終わりだ。でも、今日はまだ眠れそうになかった。僕はベンチに横になり、携帯でウエスティンホテルに予約を入れた。5月31日の金曜日、2名お願いします。いやいや、ツインルームで結構です。……それから意味もなく小動物がいる柵を一周し、もう一度、彼女からもらったメールを読んだ。

＊

6時49分——葉子はまだ眠っていた。子供たちはとうに起きて部屋中を走り回っている。話しかけても返事なんかしない。地球はいま危機に瀕していて、彼らは朝から怪獣退治に忙しいのだ。
仕事部屋に戻って缶ビールを飲み、プリントアウトしたメールをシュレッダーにかけ、サインの練習をした。5分くらい練習すると、紙の上にではなく、自分の本にサインをしてみたくなった。で、そうしてみたのだけれど、あまりうまくいかない。彼女が書いているように、こういうのは肩の力を抜いて機械的にやるのがいいようだ。

ベッドに入る前にパティ・スミスの『ラジオ・エチオピア』を聴き、用心して、彼女から届いたメールを受信トレイから削除した。その時、新しいメールが届いていることに気がついた。送信時間は6時37分。どうやら彼女も寝つけずにいたらしい。

〈どうしても眠れなくて、ロラン・バルトなどを読んでいました。『恋愛のディスクール・断章』。気がついたら同じ箇所を何度も読んでいた。

——嫉妬するわたしは四度苦しむ。嫉妬に苦しみ、嫉妬している自分を責めて苦しみ、自分の嫉妬があの人を傷つけることをおそれて苦しみ、嫉妬などという卑俗な気持ちに負けたことで苦しむのだ。つまりは、自分が排除されたこと、自分が攻撃的になっていること、自分が狂っていること、自分が並みの人間であることを苦しむのである。

……この部分を読みながら、バイロンの言葉を思い出していた。恋愛は男の人生からは切り離せても、女にとっては人生そのものなのだというあの言葉を。あなたは切り離せる人なのかしら?

これから大急ぎで朝食を作らなくちゃ。娘のリクエストに応えて今朝はオムレツ。卵黄と卵白を別々に攪拌して（ただし、卵黄は混ぜすぎると固くなるので軽く）、エバミルクを加え、隠し味に塩コショウを少々、仕上げはオリーブオイル。私のオムレツ、とても評判がいいのよ。いつかあなたにも食べてもらいたいな。いま、お料理の本を書いているから、書き上げるまでにもっとレパートリーを広げておくわね。でも、美味しいからといって食べ過ぎてはだめよ。ロラン・バルトが書いているように、「痩せるということは知性的でありたいとのぞむ素朴な行為」なのだし、第一、そうでなければいいものは書けないわ。

NHKの予報を聴いたら、今日は20度まで上がるそうよ。一挙に春が来たみたいね。季節の変わり目は体調を崩しがちだから、くれぐれもお身体に気をつけて。

ごきげんよう。

haruka〉

＊

読み終えると、削除したばかりのメールを「削除済みアイテム」から取り出して、フロッピーディスクに保存した。このまま消してしまうのは何だか惜しいような気がしたのだ。

フロッピーディスクのファイル名は『ラジオ・エチオピア』。それからCDのボリュームを上げ、パティ・スミスを口ずさみながら返信メールを書いた。

〈とても開幕戦まで待てない。この前の店で8時に会おう〉

彼女はまだ生理中なのだろうか？　メールを書きながら、ふとそう思った。でも、そんなことはもう知ったことじゃなかった。

# 3

その夜、彼女は咳をしていた。額に触れると、ひどく熱かった。寝汗で濡れたシーツに驚いて夜中に目を覚ましたほどだ。額もそうなら唇も耳たぶも乳房も、どこもかしこも熱かった。電話で頼むと、フロント係は3種類も風邪薬を持ってきた。シーツを替えさせ、タクシーを走らせてコンビニで買ってきたビタミン剤を飲ませ、冷蔵庫の氷で額を冷やした。セックスをしたり、看病をしたり、忙しい夜だった。3時過ぎに彼女が眠ると、ソファーに座ってテレビを眺め、時々、尻のあたりが盛り上がっている毛布を眺めた。着痩せするタイプらしく、想像していたよりもかなり肉づきがいい。それをどう評価するべきか、ちょっと迷ってしまうくらいだ。

テレビには丸々と太ったマラドーナが映っていた。いつものように、くぐもった声で何か喋っていたけれど、この男の話は聞くに値しない。ディレクターもそれは承知しているらしく、すぐに場面が切り替えられ、昔のゴールシーンになった。86年メキシコ大会の対イングランド戦——いまも語り草になっている5人抜きと、いわゆる「神の手ゴール」だ。でも、僕が気に入ったのはアメリカ大会の時の練習光景だった。マラドーナがスパイクのかかとで踏みつけると、ボールは垂直に3メートルくらいも跳ね上がる。まるで魔法だ。大声で何か叫びながら落下してきたボールを蹴り上げると、それが合図になってカニージャやバルボが立ち上がり、一斉に練習が始まる。この躍動感、これがマラドーナだ。

「眠らないの?」

ベッドの端に腰かけて額に触れると、彼女は薄目を開けてそう言った。

「いまから眠ったら昼になる」

「昼になったら困るの?」

「朝でもかなり困る。はるかさんはここで休んでいればいい」

「ううん、一緒に出る」

「救急病院を探そうか」

「大丈夫。熱は下がったから」

「風邪かな」

「30の知恵熱よ」

枕を抱きながら、彼女はくすくすと笑った。別におかしくもなかったけれど、僕も一緒になって笑った。彼女と一緒にいると、おかしくないことでも笑えた。そう話すと、「それが愛よ」と彼女は言った。それでまた二人して笑った。

「明け方のメール、嬉しかった。嬉しくて、何度も何度も読んだのよ」

「今度はもっと長いのを書くよ」

「ううん、短い方がいいの。本当のことを一言だけ書いて」

「本当のこと?」

「そうよ、あなたが本当に思っていることを一言だけ書いて頂戴」

それが書けないから長く書くんだよ――そう言う代わりに彼女の額にキスをした。フロントで借りてきた体温計で測ると、37度5分まで下がっていた。それでも、平熱が低いという彼女はひどくだるそうにしていた。

*

その日は6時前に何とか部屋に戻り、昼過ぎまで眠った。葉子は出かけたらしく、目が覚めた時、部屋はガランとしていた。

曇り空の蒸し暑い日だった。風邪を移されたのか、僕もかなりの寝汗をかいていた。汗で湿った布団をベランダに干し、冷蔵庫に残っていた卵でオムレツを作ってみた。卵黄と卵白を分けて、それぞれ30回ずつ攪拌し終えた時、エバミルクがないことに気がついた。買いに行くのも面倒なので牛乳で代用し、塩コショウを加えてオリーブオイルで焼き上げた。多少、形に問題はあったけれど、全体としては満足すべき出来だった。

トーストとオムレツの昼食を済ませると、長文のファイルが添付されたメールが届いた。はるかからだ。メールの件名は「巫山《ふざん》の夢」。ひょっとしたら、これは僕にとってのパンドラの箱なのかもしれない。そう思いながらも開封せずにいられなかった。

〈ゆうべはありがとう。とても楽しかった。

私たち、やっぱり気が合うわね。何だか久しぶりに腹の底から笑ったような気がした。母と娘は私が朝帰りしたことに腹を立てていたけれど、でもいいの、あなたとあんな経験ができたんだもの。

部屋に戻ってきた時は曇っていて、東の空がどんよりとしていた。あなたと別れた途端に、あんなに薄暗くなるなんて私の心と同じ。会いたいが情、見たいが病――まるで八百屋お七か、さもなければドライデンの『暴虐の恋』のようなものだわ。どちらにしても、精神病理学的にいえば私はまともじゃない、ってことよね。でも、身体の方は大丈夫。あれからまたビタミン剤を飲んでぐっすりと眠ったから。

目が覚めた時、とても幸せな気分だった。だって、あなたと一緒にいる夢を見たのよ。あなたのことを考えながら眠ったから、記憶が喚起されて再現したのかもしれない。夢で会えただけでも私は歓喜。私はあなたと一緒にいて初めて生かされる。そんな気がした。あなたのことを考えると、なぜだか不安な気持ちになる。それでいて、とても勇気づけられるのよ。不安で、怖くて仕方がないくせに、あなたと一緒なら何でもできそうな気がする。すべてが不確実な時は、すべてのことに可能性があるのよ……って、マーガレット・ドラブルが書いていたけれど、激しく同意だわ。

また会いたい。どうしても会いたい。電話ができなかったら、せめてメールをくださいね。そうでなければ、私は辛くて、泣いてしまいそうよ。淋しくて、切なくて、なぜだかいまはとても哀しい。次に会える時まで、私は何度、辛い、淋しい、切ない、哀しいって書き連ねるのかな。

あんなにたくさんの時間を一緒に過ごしたというのに、それでもまだ一緒にいたいと願う。強欲な女だわ。いまに、きっと天罰が下るわね。それでも、会いたい。会える、わよね？

haruka〉

# 4

それからは3日に上げずにはるかと会った。そのせいで、代官山あたりの地理にずいぶん詳しくなった。気分転換に渋谷や西麻布へ出かけることもあったけれど、ひとまず代官山で食事をしてからその日の居場所を探し、たっぷりとくつろいでから、グラッパかカルバドスを飲んで明け方の4時頃にタクシーを捕まえる。いつの間にか、そんなことが習慣になった。

等々力のマンションに着くと、はるかは僕の手を引いて、やや強引にタクシーから降ろす。最初のうちはちょっぴり恥ずかしかったけれど、逆らえるような雰囲気ではなかったし、じきに逆らおうという気もなくなった。僕たちはマンションの前で抱き合い、時間をかけてキスをした。その間、運転手は——多分——呆れていた。

はるかを部屋に送り届け、第三京浜を走って横浜へ戻っても、すぐには眠らなかった。

じきに、彼女からメールが届くことが分かっていたからだ。他のどんな文章よりも僕ははるかが書いてよこすメールが好きだった。ブルーやピンクの文字で書かれていることもあって、時にぎょっとさせられることもないではなかったけれども。ひょっとしたら、僕は明け方のメールが読みたくて彼女と付き合っているのかもしれない。そんなふうに思うことさえあった。

ラジオ・エチオピア44――「遣らずの雨」

〈ゆうべの雨はすごかったわね。無事に帰れた？　横殴りの、本当にひどい降りだった。傘を買いに行く間にひどく濡れてしまった。でも、あの雨のおかげで、ずいぶん長い間一緒にいられて私は嬉しかった。

あなたに会う時の空模様を選べるとしたら、私は雨を選ぶ。それも、ゆうべのような激しい雨がいい。あれこそ、遣らずの雨よ。好きな人と雨宿りをするのって素敵なことね。そんな当たり前のことを、いまさらながらに思ってしまう。あなたと出会えて本当によかった。

あなたとのこれまでのことを思い出しながら、さっきまでずっと窓を叩く雨を見ていた。同時に、子供の頃、近所の官舎に住んでいた気象台に勤めている人の話を思い出していた。水は道を憶えている、と言うらしく、川や海が近くにないからといって安心してはいけない、とその人は話していた。かつて一度でもそこへ流れていたら、必ずその水路を憶えていて、さらに加速して勢いよく流れてくるというのよ。自然災害の怖いところね。私もそう、私もいつもあなたのもとへ流れていく。眠っていた激情が百花斉放したかのように、自分の感情をどうにもできずに持て余している。私にあなたがいてくれるように、だからあなたにも私がいることをどうか憶えておいてね。

気がついたら、あなたとのメールがフロッピーディスクに3枚にもなっていた。グリーン、ブルー、オレンジの順。この中に私たちの1ヵ月が詰まっている。そう思ったら開いてみたいような、このまま仕舞い込んでおきたいような、とても不思議な気持ちになった。でも、これはパンドラの箱ではなくて（あの言い方はちょっと失礼よ）、私には聖櫃なのだという気がする。この聖櫃を携えて、早く二人の武陵桃源の地へ行きたい。

また少し雨脚が強まってきた。そちらはどう？　この調子ではしばらくやみそうにないわね。でも、私の心はまるで陽だまりみたいよ。

あまりにも有名だけれど、今日という日の終わりにディキンスンの一節を。

嵐の夜、嵐の夜
あなたと一緒なら

嵐の夜も
私たちの快楽

haruka〉

*

返信メールを送っておくと、昼前か、遅くとも昼過ぎまでには返信メールが届く。多い日には、こんなメールが5通くらいも届く。

会えば、別れ際に決まって手紙を渡された。それを読みながら、明け方のタクシーの中で僕は何度も溜め息をつく。日本語は美しい。こんなに綺麗な言語は他にはない。はるかの文字を目で追っていると、そんなことを思ってしまう。気がつくと手紙の文字まで撫ぜたりしている。どう考えても普通じゃない。アルフレッド・ビネがフェティシズムと名づけたものまで、あともう一歩だ。

メールや手紙を楽しむ一方で、僕は用心も怠らなかった。寝入る前にメールを削除し、携帯電話の発着信記録を消去し、ジャケットやシャツに彼女の痕跡が残ってはしまいかと入念にチェックした。万一の場合に備えて、同じシャツを2枚買う習慣までできた。いずれも無用な諍いを避けるためだったのだけれど、いつしか僕はそれを楽しむようになったし、そうすることが葉子に対する礼儀なのだと信じるようにもなった。

はるかのメールには、一通当たり平均して3回くらい「愛」という言葉が使われていた。21世紀の日本ではとても違和感のある言葉だ。前世紀においても、僕は一度も口にしたことがない。メールは毎日2通以上は届いたから、少なくとも僕は日に6回は彼女に愛されていた計算になる。僕も返信メールに同じ言葉をさりげなく紛れ込ませようとしてみたけれど、これは思ったよりも難しい作業だった。別に照れがあったわけではない。何だかしっくりこないのだ。

僕ははるかを愛していたのだろうか。一緒にいたいとは思うし、触れ合っていたいとも思う。でも、だからといって、それが愛なのだろうか。そもそも彼女は人生を傾けるほどの女なのだろうか？　同じような結びつき方をした別の女とも、結局はこうなっていたのではないだろうか？　僕には分からなかったし、それはいまも分からないままだ。肝心なことが何ひとつ分からないまま、僕は彼女に会い、メールを書き続けた。

長いメールを書き終え、グラッパを飲みながら何度か読み返していると、この日、4通目になるメールが届いた。送信時間は21時07分。

ラジオ・エチオピア51――「アウグスティヌスのコンフェシオ」

〈夕食を作り、あと片づけを済ませ、半分眠っている娘をお風呂に入れて、カルバドスとイカのマリネとカマンベールチーズとで、いまようやくモーツァルトに辿り着いた。もうへとへとよ。

モーツァルトはいつ聴いても、何度聴いても素晴らしいわ。今夜は『ディヴェルティメントNo.17 K.334』。有名なメヌエットが入っている作品だけれど、モーツァルトはやっぱりカラヤンとベルリンフィルがいいわ。カラヤンの商業主義を批判する人は大勢いるけれど、私はどこまでも彼の味方よ。こういうものに触れていると、人生は素晴らしいとしみじみ感じ入ってしまう。でも、そう思えるのも、あなたがいてくれるからこそよ。モーツァルトだけじゃ足りないわ。全然不足よ。

——物体は自らの重さによって自らの場所へ赴こうとする。重さは必ずしも下へ向かうとは限らない。いつも自分のあるべき場所へ向かう。火は上へ向かい、石は下へ向かう。水の下に注がれた油は水の上へ浮かび上がり、油の上に注がれた水は油の下へと沈み込む。それぞれの重さによって動かされ、それぞれの場所を求める。定められた場所にいない限り不安だからだ。定められた場所に置かれることでしか落ち着けない。私の重さは私の愛。私は愛によってどこへでも、愛が運ぶところへ運ばれていく。

アウグスティヌスの時代から、人は人生の一時期に告白、あるいは懺悔をしたくなる時があったのかしら。告白＝コンフェシオとは、「事柄をあるがままに認め、認めたことを言葉によって言い表す」ということ。懺悔は告白になり、讃美になる。

……とまあ、入稿の日なのにカルバドスを飲み、モーツァルトを聴きながら本を読んで、こんなことばかり考えているのだから原稿は遅々として進まず。私の定められた場所はあなたよ、ということを言いたかったの。モーツァルトも最後にはバッハへ回帰したけれど、私はあなたのもとへ回帰するんだわ。

塗り替えたマニキュアを乾かしていたら、ニコライ・バーグマンのアレンジフラワーが届いた。バラの香りがここまでしてくる。娘の誕生日を憶えていてくれて、どうもありがとう。今日は疲れて休んでいるけれど、明日の朝、目を覚ましたら彼女もきっと喜ぶわ。彼女もきっとあなたのファンになるわ。あなたはいつも私を驚かすけれど、こんな不意打ちならいつでも歓迎よ。

やっぱり恋愛は芸術ね。血と肉を以てする最高の芸術である——癪だけれど、今日は谷崎をちょっぴり支持しようかな。

お時間があれば、バッハを聴かせて。

haruka〉

# 5

はるかに勧められたアニー・エルノーの小説を読んでいたら、インターフォンが乱打された。双子の息子たちが幼稚園から帰ってきたのだ。何があったのか、玄関先で「バンザイ」などと叫んでいる。意味不明だ。

二人は仕事部屋に駆け込んで来て、幼稚園で描いたという絵を見せてくれた。下手な絵の横に「おとうさん　ありがとう」とクレヨンで殴り書きされている。そのふざけたような文字を見て、かろうじて描かれているのが大人の男だと分かるレベルだ。哀しいかな、どちらも絵の才能はまるでない。

「ひさしぶりだね」と長男が言った。

「うん、最近、ちょっと忙しくてね」

「おそとで何してたの？」今度は次男が言った。

「取材って、知ってる?」

二人は同時に首を振った。

「知らなきゃいいよ。とにかく、ずっと取材というのをしていたの」

「わかった」

この子たちは探究心もない。詳しく訊かれるのも嫌だったけれど、それ以上のことを訊いてくれないのも、それはそれで心配だった。

葉子は子供たちを僕に預けて予備校へ行った。彼女は週に3日、浪人生たちに英語を教えていて、なかなか評判がいいらしい。彼女を見送った後、子供たちを乗せて久しぶりに車を出した。当てもなく、そのへんをぐるぐると走り回り、結局、山下公園へ行った。昼下がりの、この公園が大好きだ。

午後2時の山下公園はかなり賑っていた。子供たちはアイスクリームを食べ、ポップコーンをまき、集まってきた鳩に追いかけられていた。そっくりの顔をしてはしゃぎ回るチビたちを見て、通行人やベンチに座っている人たちが面白がっていた。父親と違って、この二人はどこへ行っても可愛がられ、愛される。僕はベンチに横になり、不思議な気持ちで彼らの目や鼻や口許を観察した。そして、自分はこの子たちのどこに何を容れたのだろうかと考えた。

雲の切れ間から太陽が顔を出し、少し蒸し暑くなってきた。それでも、公園にいる人たちは誰もが幸福そうだった。ひと目で売春婦と分かる外国人女性や、前科がいくつもありそうな男さえもが、ここでは優しく輝いて見えた。仲のいい夫婦連れなのか、それとも不倫の関係なのか、いい年をして手をつないでいるカップルが何組もいる。少し前まで、僕はこうした連中を軽蔑していた。でも、いまは彼らに話しかけてみたい気分だった。うまくやれよ、と。俺みたいにさ。

ベンチに寝そべって、アニー・エルノーの小説の続きを読んだ。次に会う時に感想を言うことになっているので読まないわけにいかない。これは、いわば課題図書だ。実を言うと、僕は『嵐が丘』も『ジェイン・エア』も読んだことがない。これまで女流作家の本にはまるで興味がなかった。女が書いた本で最後に読んだのは、多分、『メアリー・ポピンズ』だ。『小公子』だったかもしれない。でも、はるかに勧められて、ずいぶん女流作家の本を読むようになった。スザンナ・タマーロはとても気に入ったし、このアニー・エルノーという女流も悪くない。

何度目かのセックスシーンに差しかかったところで、近所に住むマイケルとジョーンに声をかけられた。彼らも子供たちを連れていた。マイクは横浜市立大学で英語を教えながら、日本の古い短編映画の研究をしている。アンドリュー、クリストファーという二人の息子がいて、アンディは山手のインターナショナル・スクール、クリスはうちの子たちと同じ仏教系の幼稚園の人気者だ。妻のジョーンはメイフラワー号で新大陸へやってきた一族の末裔で、そのせいか、息子たちはともに美しい金髪をしている。オールド・アメリカン――それがジョーンの自慢だ。

偶然に会ったことで、クリスとうちの子たちはもう大はしゃぎだ。まるで10年ぶりに再会したみたいに、大声で互いのフルネームを呼び合ったりしている。路上には盛大にポップコーンがまかれ、ベンチの周りはあっという間に鳩だらけになった。もうアニー・エルノーどころじゃない。

マイケルたちと散歩をしてから氷川丸のレストランへ入り、三人でギネスを飲んだ。子供たちはソーダ水を飲みながら、くるみちゃんの話をしている。幼稚園でとても人気のある女の子で、クリスもうちの子たちも、みんな彼女に夢中だ。

「ねえねえ、おとうさん、おとうさんもくるみちゃんのことが好きなんでしょ?」と長男が訊ねた。

「もちろん」と僕は答えた。「でも、おとうさんは、もう少し大きい女の人がいいな」

それを聞いてマイクは大笑いをし、ジョーンは思いきり顔をしかめて夫に何か言った。彼女は本気で腹を立てているように見える。マイクはそんな妻をなだめるのに必死になっている。アメリカの男たちというのは不思議だ。年がら年中、こんな芝居を繰り返しているのだ。慰謝料が高いからだろうか。いずれにせよ、ハミルトン家の夕食時の議題はこれで決まったようなものだ。

陽が西に傾きかけた頃、「Hi!」などと言いながら葉子がレストランへ入ってきた。ジョーンが携帯で呼んだらしい。家ではろくに口をきこうともしないくせに、如才のない葉子は全員のグラスにビールを注ぎ、早口の英語でマイクとジョーンに語りかけて何度も笑い声を上げた。何を話しているのかよく分からなかったけれど、分からないなりに僕も一緒になって笑った。そうこうしているうちに携帯が光り、バッハの『小フーガ』が鳴り出した。はるかからメールが入ったのだ。用心して、いったんデッキに出てからメールを読んだ。

〈今日はどうなさっているの? ちょっぴりでいいから、あなたの声が聞きたいな。

私はこれから代官山でショッピングをして、南平台でお友だちとディナー。お気に入りのジル・サンダーのスカートをはいているのよ。娘にまでキレイって言われちゃった。次に会う時、はいていくからちゃんと見てね。大好きよ。

haruka〉

ジル・サンダーか。

メールを読み終えると落ち着かない気分になり、デッキの上を行ったり来たりしながら返信メールを送った。

〈OK。ちゃんと見るよ。明日はどう?〉

すぐに返信メールが届いた。

〈OKよ。夜、電話して〉

〈OK。OKOK〉

＊

氷川丸のレストランにはモーツァルトが流れていた。映画にも使われたピアノ協奏曲第21番、その第2楽章だ。ケッヘル467——これに関しては内田光子とジェフリー・テイトのCDが最高よ。前にはるかがそう話していた。内田光子が来日した時に弾いた曲が何であったかとか、サントリー・ホールの音響がどうだとか、他にも色々なことを話していた。

会うたびに、彼女は僕にクラシックのCDを渡す。それを僕がMDにダビングして、次に会う時に感想を言うことになっている。最初はうんざりしていたけれど、そのうち僕の方が夢中になった。カール・ベームがウィーンフィルを指揮したK.488は特に気に入った。ポリーニのピアノの第1音が鳴り出す瞬間が素晴らしい。そのあとは、もう言葉にならない。美が次々と、それこそ際限もなく溢れ出てくるのだ。これ以上に美しく、気高い音楽は他にはそうない。

ジョーンと葉子は白ワインを飲んでいた。二人は毎週のように中華街のバーで飲んでいる。そのバーで、ジョーンは葉子から僕の悪口をさんざん吹き込まれているのだ。そうに決まっている。道端で顔を合わせても、ここ何週間か、彼女はひどく僕にそっけないのだ。

女たちは最近読んだ本の話をしている。アルコールに耐性のないマイクは指先で瞼を押さえ、もう半分眠りかけている。客は僕たちの他には誰もいない。子供たちの姿も見えない。どうしたのだろう？　気になって周囲を見回した時、一瞬だけ、葉子と目が合った。その時の刺すような視線が忘れられない。ジョーンも気がついたらしく、困ったような目で僕を見た。でも、どうしてそんな目で見られたのか、ジョーンにはもちろん、僕にもまだ分からない。

# 6

5月の半ば過ぎ、何度はるかに電話をかけても通じないことがあった。明け方まで仕事をして、時折、チェックを入れてみたものの、メールも届いていなかった。こんなことは初めてだった。たったそれだけのことで、かなり動揺している自分に気がついた。やっとメールが届いたのは、翌日の夕方になってからだ。

〈電話に出られなくてごめんなさい。

お友だちに誘われて、お酒に酔った勢いのまま、軽井沢へ行ってきたの。お友だちの車で行って、結局、一泊だけして帰ってきました。疲れただけで、あまり楽しくなかったな。軽井沢と違って、東京は嫌な天気ね。それでもベランダのビオラプリンセス・パープルが健気に咲いている。

朝の軽井沢、空気が澄んでいて、とても気持ちがよかった。万平ホテルに泊まったのよ。

本当は音羽ノ森に泊まりたかったのだけれど、でもいいわ、あそこへは、今度、あなたと行こうと思うから。一緒に行ってくれるわよね。

明け方、森の中を散歩しながら、あなたとのこれまでのことを考えていた。こんなにもときめく日々が来るなんて思いもしなかった。あなたと出会えたことに感謝している。と同時に、他の人たちは一体何を感じ、何を支えに、何を目指して生きているのだろうかと不思議に思った。ついさっき電話をかけてきた編集者もそうだった。こんなはずじゃなかったのにと愚痴をこぼし、自分の不遇を嘆いて、そして結局はまた同じことを繰り返すんだろうな。この人もつまらない仕事、退屈な生活に疑問を抱きながらも、変わることを恐れてただ安穏と暮らしているのだな、なんて思った。私は嫌だな、そんなの。私はどこまでも自分の運と力を信じていきたい。でも、それだって、あなたが一緒にいてくれなきゃ嫌よ。

編集者に急かされたし、そろそろ原稿を書き始めなくちゃ。そう思いつつもビールを飲んで、お米を砥いで、バッハを聴いて……。そうこうしているうちにあっという間に1時間が過ぎてしまう。でも私は、こうした時間をこそ慈しみたいと思う。

今晩はシチューにしたのよ。コトコトと煮込む音っていいわね。湯気でお部屋がほんのりと温まって、窓の外が茜色に染まっていくのを見ていると、生活というのはつくづくいいものだと思う。営みの火とはよく言ったものね。私もあなたとの営みの火をずっと点していきたい。

今晩、電話を頂戴。何時まででも待っているから。きっとよ。

haruka〉

＊

はるかに電話をする代わりに、僕は万平ホテルに電話をした。どうしてそんなことをしたのか、自分でもよく分からない。片山はるかという宿泊客はいなかった。はるかの住所とペンネームを伝えても、該当者はいないという返答だった。

「妹たちに母の容態を伝える方法はないでしょうか」

そう言うと、フロント係は「少々お待ちください」と言ってキーボードを叩き始めた。このホテルには何度か泊まったことがあったので、フロントあたりの光景が目に見えるようだった。1階のレストランでつまらない話をしながら食事をしている、気取った感じの年とった女たちの姿も。彼女たちは子供連れの僕たちを見て眉をひそめ、ウェイターに何か耳打ちをした。慇懃な口調で注意を受けた葉子は、部屋に戻ると壁にクッションを投げつけた。

「うちの子たちの方があんな女たちの何倍も価値があるってことが、どうしてこのホテルは分からないの？　ウェイターはあの女たちの方を追い出すべきよ」

「まったくだ」と僕は言った。実際にそう思った。うちの子たちよりも価値のある人間など、この世にいるはずがない。

「あの女たち、きっと子どもがいないのよ。そうよ、そうに決まっている」

「ああ、きっとそうだ。あと何年かしたら、猫だけが看取ったっていう、そういう死に方をするんだよ」

……まったく、何てことを話していたんだろう。

10秒ほどして再び電話口に出たフロント係は、心底から申し訳なさそうな声を出して、「昨晩、女性の二人連れはお泊まりになっておりません」と答えた。

# 7

翌日、はるかは何度も電話をかけてよこし、10通以上もメールを送ってきた。メールを受信拒否にしていたら、2日後には新しく取得したというアドレスでメールが届いた。へもう電話にも出てくださらないの？

ああ、そう。あなたって本当に幼稚ね。笑っちゃうわ。明日から息子さんたちと一緒に通うべきところへ通ったら？

あなたのことを考えると疲れるし、眠れなくなる。ゆうべもそうだった。仕方なく、母が常用しているレンドルミンを飲んだら朦朧として、お風呂で気を失ってしまった。真夜中に救急車で国立医療センターへ運ばれたのよ。担架に乗るのが恥ずかしくて歩いて乗ったけれど、救急車の中で何度も戻した。母はうろたえるし、娘は泣くし、死ぬほど苦しかった。あなたのせいよ。私が死んだらどう責任を取ってくれるの？　母と娘は明日から路頭に迷うのよ。

でもまあ、何とか元に戻った。それに、私なんか死んだって別にどうってことはないのよ。1億円の生命保険に入っているし、銀行や郵便局にもそこその額を預けているわけだしね。娘だって、前の夫が喜んで引き取ってくれるだろうから後顧の憂いはなしよ。母は娘の父親とはひどく折り合いが悪かったけれど、彼女は彼女で勝手に生きていくんでしょうし。

あの人、病院の枕元で10回くらい叫んでたわ、私の面倒を看るために100歳まで生きるんだって。気弱になっていたせいか、最初に聞いた時はしんみりとしてしまったけれど、考えてみると、それって彼女が100歳になるまで私が面倒を看なきゃならないってだけのことなんじゃないの？　本当に厚かましい女だわ。こんな女が教壇に立っていたのだから、日本は堕ちるところまで堕ちたのよ。でもまあ、いまはそんなことはどうでもいい。

本題はここからよ。

私、病院でよくよく考えたの。散々戻して少し気分がよくなったら、自分の考えに夢中になった。うちの母よりも厚かましい女だと言われても構わない、どうしてもそのことが書きたかったの。

あなた、私に嫉妬してくれたのね。そうよね？　きっとそうなんだと思った。嬉しい！

嫉妬されるほど、あなたに気にかけてもらっていたなんて。それなのにレンドルミンを10錠も飲んで戻したり失禁したり、私って本当にお馬鹿さんよね。むしろモーツァルトを聴きながらシャンパンを飲むべきだったんだわ。

愛って素晴らしいわ！

私たちの！

ロマンチックだわ！

ねえ、何を疑っているの？　まだ私のことが分からないの？　私はあなたと一緒にいたいだけなのよ。ずっと一緒にいてくれるだけでいい。それだけで私は満足なんだから。でも、そうね、時々は嫉妬して。そうじゃないと淋しいから。

この世で最良の組み合わせは強さと慈しみ、最悪の組み合わせは弱さと諍いだというけれど、それを二つながらに兼ね備えているあなたと私は、つまりはこの世の中で最愛の組み合わせということね……と、いつもながら勝手な思い込みをしてしまった。

P.S.　いくら受信拒否したって無駄よ。何万回でも新しいアドレスを取得してやるから。でも、あなたはすぐに解除してくれるだろうから、そんな必要はないわよね。

haruka〉

# 8

ウェスティンホテル東京のベッドは寝心地がいい。あまりによすぎて熟睡してしまい、目が覚めたのは10時前だった。

土曜日の午前中だというのに、家に電話しても誰も出ない。葉子の携帯を鳴らしてもコール音が延々と鳴り続けるだけで携帯メールにも着信はない。着替えをしながら、僕はもう気もそぞろだった。

「電話、通じないの?」ベッドの中から、はるかが声をかけてきた。かなり前に目を覚ましていたらしく、すました顔で本を読んでいる。

「うん、どうしたのかな」

「大変ね。フロントに頼んで奥さまに電報でも打ったら?」

「そうだな。でも、その前にビールを飲んで文面を考えよう」

「そうしましょう」はるかは音を立てて本を閉じた。エドワード・デントの『モーツァルトのオペラ』だ。

「朝飲むビールって美味しいわ。ひょっとしたら、ビールって朝飲むためにあるのかもしれない。最近、そう思うようになった」

「俺も昨日の朝まではそう思っていたよ」

「あら、今朝は違うの？　気持ちのいい朝じゃない。ビール日和よ」

「じゃあ、少し飲もうか」

「そうこなくちゃ」

はるかはバスタオルをまいただけの姿で、冷蔵庫から缶ビールを取り出してグラスに注いだ。そんな時でも両方の手で缶ビールを持ったりして、本当に育ちがよさそうな感じだ。僕はドアを開けて朝刊を抜き取り、スポーツ欄を熟読した。新聞には釜本邦茂が激励の談話を寄せていた。日本チームの最終調整の記事を読みながら、このチームに釜本がいれば、と思わないわけにはいかなかった。

「日本は大丈夫かな」

「大丈夫よ。少なくとも恥をかくことはないわ。前にそう言ったでしょ」

「何の根拠があって言っているの？」

「これまでホスト国の初戦は12勝4分なのよ。どうして日本だけが負けなくちゃならないの？」

僕たちはソファーに腰かけ、ビールを飲みながらテレビを観た。どの局も昨晩のフランス戦のダイジェストを流していた。優勝候補のフランスは0対1でセネガルに敗れた。唯一の得点シーンが何度も映し出され、そのうちセネガルの大統領までがテレビに出てきた。旧宗主国を下して興奮する群集の中で、大統領もまた興奮しきった様子で何か叫んでいた。

「ところで、セネガルってどのへんにある国なんだろうね」と僕は言った。

「西アフリカの西の端よ。国土は日本の半分くらいで首都はダカール」

「よく知っているね」

「子供の頃から地図を見るのが好きだったの。地理はいつも満点だった。中学の担任が社会科の先生で、とても可愛がられたの。毎日毎日、はるかちゃん、はるかちゃんって。嫌いな牛乳を飲まなくても私だけは許してもらえた」

「勉強はよく出来たんだね」

「偏差値79で、無敵のはるかって言われてたわ。でも、いまになって、そんなものは何の役にも立たないってことが分かった。だって、セネガルの首都を覚えたところで何にもならないじゃない。あなたの方がずっとすごいわ」

「俺は女房をなだめる言葉すら思いつかないような男だよ」

「もういい、そんな話をするんだったら私は帰る」

「そう怒るなよ、はるかちゃん」

「あくびなんかしながら気安く呼ばないで」

中途半端に眠ったせいか、あくびがとまらなかった。どのチャンネルも、どのチャンネルも延々とフランスの敗戦を映し出していた。あくびをするなという方が無理だ。僕たちは煙草を吸い、2本目のビールを飲んだ。それから二人でシャワーを浴び、どうしようもない朝のあくびの中で、もう一度、彼女を愛した。

## 9

恵比寿駅ではるかと別れて、その日は東横線で横浜へ帰った。葉子への説明の言葉が思いつかず、かなり憂鬱な気分だった。飲み会の延長だと言い張るには、太陽があまりにも高いところにありすぎた。

部屋には誰もいなかった。車もなかったし、葉子の携帯は留守電に切り替えられていた。何本か電話をして、最後に葉子の実家にかけると長男が出た。ゲームソフトを買ってもらったと言ってはしゃいでいる。母親を出すようにと言ってみたけれど、「じゃあね」と言ったきり電話は切られた。かけ直す気にはなれなかった。

さて、どうしよう？　思えば、この部屋で一人きりになったのはずいぶん久しぶりだ。一人になったら、やろうと思っていたことがたくさんあったはずなのに、いざそうなってみると大してすることはない。

結局、天気がよかったので洗濯をし、時間をかけて部屋の掃除をした。45万円もしたイタリア製の掃除機を使い、雑巾がけまでして部屋中を磨き上げた。うちの掃除機はボルテックフォース・スーパーシステム——1分間にドラム缶10本分の空気を吸い込み、同時に清浄な空気を噴出するという夢のような掃除機だ。畳や布団はもちろん、フローリングの床でも20センチ下のミクロン単位のダストまで吸収する。少なくとも説明書にはそう書いてある。ちょっと重いのが難点だけれど、ともあれ目に見えるゴミはすべて吸い取ってしまう。誰に勧められたのか、葉子が「掃除機のフェラーリ」だと言って買ったものだ。フェラーリほどのオーラはないにしても、ものすごい掃除機であることだけは間違いない。この掃除機のせいで、他人の部屋へ行くとハウスダストが気になって仕方がないほどだ。

人間というのは不思議なもので、何かを始めると、そのこと自体を上手く成し遂げたいという気になる。いい感じの文章が書けたと思うと、もっといいものを書きたいと思うようになり、さらにそれを磨き上げたいという気になるのだ。僕はそんなふうに部屋の掃除をし、小説を書いている。小説の方はともかく、部屋だけはきれいになり、それはそれでかなり満足した。

葉子の机の上には、やりかけの児童文学の翻訳が置きっ放しにされていた。彼女は毎日5ページ以上翻訳するのを日課にしていたから、夜にはきっと戻ってくるだろうと思った。

というか、そう思いたかった。

その夜はファミレスで夕食を済ませ、ドイツとサウジアラビアの試合をテレビで観た。8対0。ドイツが強いのか、サウジが弱すぎたのか——何とも判断のし難い、大味な試合だった。

10時半に試合が終わっても葉子は戻らなかった。仕事をする気にもなれず、ソファーに横になっていると、一瞬だけ携帯が光った。はるかからだ。パソコンを起動すると、彼女からメールが届いていた。

ラジオ・エチオピア63——「Nous deux」

〈大丈夫？　あなたを見送ってから、そのことばかりが気になっている。私のせいで大変なことになっているんじゃない？　そうでないことを祈っている。

私の方は、あの後、とても嬉しいことがあったの。ガーデンプレイスでワインを探していたら、90年ものの『アニア』を見つけたのよ。トスカーナのお城のワイナリーで造られた赤ワインで、『アニア』というのはオーナーのお嬢さんの名前。このワインは90年ものまでが美味しいのよ。フルボディだけれど酸味がそれほど強くなくて、とても深みのある色をしているの。あなたと一緒に飲もうと思って、ちょっと奮発して買っちゃった。広尾の『イル・ブッテロ』でよく飲んでいたワインだけれど、このお店にはもう4年くらい行っていない。この4年間、遂に一緒に行きたくなるような相手に出会わなかったということね。

次のディナーはこのお店にしましょう。ここのペンネ・アラビアータ、大好きなの。ワインも豊富なら、グラッパも何種類もあるのよ。ここそ、私たちのディナーに相応しいお店よ。あなたをお部屋に招待する夜まで、だから『アニア』は大事にしまっておく。

もう一つ、ご報告。ある出版社の役員に請われて、冬に創刊する女性誌の立ち上げに協力することになったの。私はフランス担当。といってもフランスの女性誌を集めて、それを参考にして企画を練るだけ。火曜日に日仏学院へ寄って、いくつかチェックしてくるつもりよ。フランスには面白そうな雑誌がいくつかある。私は中でも『Nous deux』という雑誌が気に入っている。一度も読んだことはないけれど、この恥知らずなタイトルがいいわ。ヌゥ・ドゥー、あなたと二人。そう、私たちはずっと一緒よ。ずっとそばに置いてね。そうじゃなかったら、私はもう生きていけない。

私の中で、あなたの存在は日増しに大きくなっていて、もうはちきれんばかりよ。あなたは私のあらゆる襞に痕跡を留めている。それが火傷のように熱くて、痛くて、片時も忘れることができない。忘れるどころか、この熱さと痛みをいつまでも感じていたいとさえ思う。

こんなことを書くなんて、私も大した恥知らずよね。でも、本当のことなのだから仕方がない。何度でも書くわ。ヌゥ・ドゥー、身も心もあなたに寄り添っていたい。

haruka〉

*

日曜日になっても葉子は戻らなかった。日曜の夜になり、月曜日の朝になっても帰ってこなかった。

昼前に、幼稚園へ行ってみた。息子たちは砂場でおダンゴなどを作っていた。すぐそばにくるみちゃんがいたせいか、二人とも少し緊張気味で、お母さんはどうしたのかと訊ねても返事をしない。そのうち園長先生がやってきた。しばらくの間、僕は園庭で彼女と立ち話をした。園長先生は森鷗外の話をした。森鷗外が僕と何か関係があるとでも思ったのか、彼女は『舞姫』のエリスがどうしたとか、『阿部一族』がどうだとかという話をした。それから教員室のようなところへ招き入れられ、差し出された本に初めてのサインをした。練習の甲斐あってか、なかなかいい出来だった。

葉子が戻ってきたのは夜になってからだ。書店で時間を潰していたらしく、重たそうな本を何冊も抱えていた。子供たちは買ってもらったばかりのゲームに熱中し、コントローラーを握りしめたまま、9時過ぎに眠った。討ち死に、といった感じだ。

その夜、葉子は一言も口をきこうとしなかった。僕としても何をどう話していいのか分からず、イタリアとエクアドルの試合をテレビで観た。試合は2対0でイタリアが勝った――ような気がする。葉子は眼鏡をかけ、子供たちの部屋にこもって、ずっと本を読んでいた。

「何の本を読んでいるの？」と僕は訊ねた。

「……」

「ところで、エクアドルって、どのへんにある国なんだろうね」

「……」

「世界には本当に色々な国があるよね」

「……」

「そう怒らないでくれよ。何を怒っているのか知らないけどさ」

葉子は音を立てて本を閉じ、子供たちの間に横になって電気を消した。何を読んでいるのか気になり、葉子が寝入るのを待って枕元にある本のページを開いてみた。『零度のエクリチュール』――ロラン・バルトだ。

その夜は眠れないまま、かなり長いことパソコンに向かっていた。あれこれ書いてみたものの、どうしてもうまくいかない。日付が変わった頃、はるかにメールを出した。1時間ほどで返信メールが届いた。すぐにフロッピーディスクに保存し、ウイスキーを飲みながら何度も読み返した。

ラジオ・エチオピア68――「影の形に添うが如く」

ヘトリパレリン、アミパレン、イントラポリス、トリフード、ポタコール……と、今夜の私のテクストはこれ。医学雑誌から頼まれた20枚くらいの原稿を書いているの。

この患者については多発性脳梗塞の所見は認められなかった――そう書いた時、14年前に亡くなった父のことを思い出した。

「お父さんは、どうしてお母さんと結婚したの?」

子供の頃、父にそう訊ねたことがあった。

白い日傘が似合っていたから、というのが父の答えだった。それを聞いて、両親が夏に恋をしていたことが分かったの。一本の白い日傘の下で、二人が並んで歩いている光景を何度想像したかしれない。

それ以来、日傘の似合う女になるというのが私の目標になった。小学生のくせにカロリー計算をし、紫外線を避け、短い間だったけれど、お琴を習いにも行った。どうしてなのか、私の中で日傘とお琴は一対になっていたのよ。お琴の方はものにはならなかったけれど、日傘を差すと女性は2割増しになるというから、梅雨が明けたら真っ白な日傘を差してあなたに会いに行こうと思う。

もしかしたら、私はこの世で一番不幸な女なのかもしれない。去年のいま頃、一人きりでガーデンプレイスを歩いていた時、そんな風に感じたのを思い出す。どこへ行っても周りの女の人が幸福そうに見えて羨ましかった。

実はいまもそうなの。あなたと出会って幸福なはずなのに、どうしてなのか、いまも時々、哀しくなってしまうのよ。恋しくて、胸がどきつくような想いになって、それでいて何故だかとても哀しいの。色々なことを勝手に想像して、切なくて、苦しくて、やりきれなくて、壊れてしまいそうになる。

いま、これを書いている3階の窓から、ライトアップされたお向かいの庭が見える。その庭に大きな泰山木があって、大輪の白い花を咲かせている。泰山木の花言葉は「威厳」。背の高い木だから普通に歩いていても見えないけれど、香りが強いから花があることに気がつくのよ。今度、一緒に見ましょうね。早いうちに見ないと枯れてしまうわよ。いまだって、2つくらい、もう黄色くなって萎れかけているのだから。

不思議だな。どうして私、こんなことを書いているんだろう？　あなたに会ってから、こんなことばかり書いている。でも、いくら書いても書き尽くせないし、言い尽くせなくてもどかしくなってしまう。本当に、どうしてなんだろう？　萎れかけた泰山木の花を見ているうちに、何だか哀しくなって、さっき少し泣いてしまった。医学雑誌の原稿を書きながら、どうしてこんなに泣けるのかしら。白い花が枯れると一層切なさが増すものね。でも、私たちはまだまだこれからだわ。違う？　そうよね？　そう思いたくて泣いていたのよ。

あなたは私の半分も喋らないけれど、ちょっとした言葉から、あなたがある確信を持って生きていることを知って羨ましくなる。でも時々、その確信がグラついているのではないかと思うことがある。後悔しないで生きるにはどうすればいいのか？　自分自身を全うすること、あなたはそう言うし、本にもそう書いている。借り物ではない、自分自身の人生を生きること――確かそんな言い方もしていたように思う。でも、それを言うあなたは本当に自分自身を全うしているのかしら。借り物ではない、自分自身の人生を生きているの？　あなたが全うすべきなのは、ひょっとしたら私との人生ではなくて？　それとも、そんなふうに感じるのは私の思い上がりでしかなくて、あなたはいまのままでいいの？

あなたは辻褄の合わないことばかり口にする。あなたほど矛盾に満ちた人に会ったことはない。それでいて、あなたと話していると、自分の中の混沌が徐々に晴れていくような気がする。無意識のうちに体内のコンパスの針が動くような、けものみちができるような、そんな感覚に陥っていく（ということは、私はかなり本能的、というか動物的なのかしら？）。あなたは私に女であることを誇りに思わせてくれる。何度生まれ変わっても、私はやっぱり女に生まれて、何度でもあなたとの恋情に生きたい。私はあなたを、あなただけを待っている。

影の形に添うが如く、あなたとはそういう関係でいたい。

haruka〉

＊

短い返信メールを送ると、1時間ほどでまたメールが届いた。〈新着メールが届いています〉という表示を目にした時、僕も僕で彼女を待っていることに気がついた。

〈いまは明け方の4時44分。原稿の方は問題なく済んだけれど、真夜中にもらったメールが嬉しくて、興奮してしまって、なかなか寝つけない。あなたも眠れずにずっと起きてらっしゃったのね。どうして眠れなかったの？

ちょっと早いけれど、新聞と雑誌を外へ出しに行ったら、スズメがチュンチュンと気持ちよさそうに鳴いていた。メデタシ、メデタシ。そんなふうに聞こえたのは気のせいかな。

こんな時間でも外はもう暑かったから、今日も暑い一日になりそうね。どうか、お身体にだけは気をつけて。

今日は、娘のヴァイオリンのレッスンに付き合った後、母校へ顔を出さなければならない。ゼミの教授に翻訳を頼まれてしまったの。でも、ご挨拶をして翻訳する文書を受け取るだけだから、すぐに済むと思う。というか、すぐに済ませるわ。

あなたは今日、どうされるの？　今度はいつ会えるの、って、また愚問をしてしまった。最近、わがままが度を越してきたみたい。少し慎まなくちゃね。でも、会いたい。時間がほしい。私たちだけの時間が。あなたと過ごす短い時間を繋ぎ合わせて、長い長い時間にしたい。

haruka〉

# 10

土曜日の夕方、僕は新宿にある出版社へ出かける。4時頃、編集者との簡単な打ち合わせがあり、テーマを書き出した紙と資料、それにデータを渡された後、25号室という小さな部屋へ通される。備え付けのテーブルにファックスと灰皿が置かれているだけで窓さえない。クリーム色の壁に仕切られた、やや大きめの電話ボックスといった感じだ。

この狭苦しい部屋で、僕は毎週、雑誌に載せる2ページくらいの記事を書く。率直に言って、文字さえ書ければ誰にでも出来る仕事だ。結局のところ、新聞や雑誌の仕事というのはそうしたものなのかもしれない。少なくとも書き手が僕である必要はないし、他の誰かである必要もない。とはいえ、僕は仕事を必要としているから、編集者の話にいちいち頷き、余計な質問をしたりはしない。こうした仕事を続ける上で重要なのは、能力よりもむしろ編集者との人間関係なのだ。無署名であちこちに書く雑文とたまに入ってくる小説の印税、それにこのどうでもいい仕事の報酬——それが僕の収入の全てだ。

書き上げた原稿をフロッピーディスクに保存し、写真のキャプションを書いて印刷所へ回すビニール袋に入れておけば、2週間後に15万円の原稿料が振り込まれる。銀行のキャッシュコーナーで、最初の入金額を見た時は小躍りしたものだ。以来、手間をかけずに校了ができるように、間違いのない記事を書くことに気を配るようにしている。そのせいか、担当編集者はいつも多めにタクシーチケットをくれる。彼のおかげで、ここ4、5年、自腹を切ってタクシーに乗ったことはない。

小暮さんも同じ曜日にやってきて、雑誌に何やかやと書いている。小暮さんが使っているのは22号室。こちらも窓はないけれど、小さな冷蔵庫があって、いつも持参した缶ビールを飲ませてくれる。僕たちは同じフロアで顔を合わせ、似たようなやっつけ仕事をしているうちに親しくなったのだ。

小暮さんは書くのが早い。この日も7時過ぎに原稿を書き終え、僕にメモを渡して引き揚げていった。メモには駒沢のバーの電話番号が書かれ、最後に「話がある」と記されていた。改まってされるような話などないはずだったから何だろうかと気になった。

「25号——オクラホマ」

資料が入った紙袋にはそう記され、中にはオクラホマ州の地図と写真が入っていた。今週は、目の前で両親を惨殺された少年が大人になり、ごく最近、犯人の死刑執行に立ち会ったという話だ。僕の役割は記事を面白く仕立て上げることだけで、資料集めや取材をするのは井上香織という女性だ。海外の話題を採り上げる時はいつも彼女が担当する。

僕は20分ほどかけて資料に目を通した。舞台はオクラホマ・シティ郊外の住宅街で、事件があったのは82年の10月。ずいぶん古い話だ。ドラッグストアへの押し込み強盗を繰り返していたケインという男が出所し、相棒と一緒にたまたま通りかかった家へ押し入る。不幸にも、家には家族4人が勢揃いしていた。ケインは短銃で脅して4人を縛り上げ、コック上がりの相棒にパスタを作らせる。そして、パスタが茹で上がるまでの間に、家族が見ている前でまだ12歳だったその家の娘をレイプする。少女をレイプした後、ケインは白ワインを飲み、時間をかけてパスタを食べ、相棒に命じて家族を一人ずつ銃撃させる。両親はその場で絶命したものの、少年と妹は重傷を負いながらもかろうじて生き延びた。

そこまで読んだところで、僕は資料に挟まっていた犯人の顔写真を見た。スティーヴン・ケイン、48歳。長髪を後ろで束ね、うつろな目をして唇を歪めている。相手が少女であろうが、確かにレイプくらいしそうな感じの面構えだ。一方、両親を射殺され、妹がレイプされる場面を目の当たりにした少年は、現在37歳。典型的なＷＡＳＰで、仕立てのいい濃紺のスーツを着ている。

妹と別々に親戚の家に預けられたオブライエン氏は――と資料を翻訳した香織は書いていた――その後、弁護士から共和党の州議会議員になり、自ら遺族に対する死刑公開の州法を立案して、先週末、ガラス越しにケインの処刑に立ち会ったのです。ちょっと感動的な話だと思いませんか？　明け方、思い切ってオクラホマ・シティの自宅に電話をかけ、留守番電話にメッセージを吹き込んでおいたら、オブライエン氏本人からコールバックがあり、国際電話で1時間くらい話をしました。氏のインタビュー中、処刑に関する件りは以下の通りです。

〈その日の午後、妹と私は処刑場とガラス一枚隔てた部屋へ案内されました。処刑場には白いシーツがかかった簡易ベッドが置かれていました。それを見て、妹は「まるで手術室のようね」と言いました。彼女が言うように、確かにそこは看護婦のいない手術室のように見えました。

やがてケインが無表情で入室してきました。すぐ横にいた係官は、「ケインはいまから6分後に死にます」と私たちに説明し、腕時計を覗き込みました。この係官は、偶然にも父がしていたのと同じ腕時計をしていました。10回目の結婚記念日に母がプレゼントしたオメガです。私は6分間だけ、その時計を貸してほしいと係官に頼み、ケインが処刑されるのを待ちました。思えば、この事件は私の人生のアルファであり、同時にオメガなのです。

ケインは無表情でベッドに横たわり、刑務官に何か話しかけました。刑務官がそれに答え、右腕に注射をすると、ケインはほぼ6分後に目を閉じ、もう二度と目を覚ましませんでした。彼は苦しむこともなく死んでいったのです。両親のそれとはあまりにもかけ離れた静かな死でした。それでも私は、この目でケインの処刑を見届けることができてよかったと思っています。

部屋を出ると、私は大勢の記者に取り囲まれました。その中に、処刑の公開に反対の立場を取っている人がいました。私はその記者としばらく立ち話をしましたが、結局、彼には最後まで分かってもらえないままでした。別れ際に、彼は「ケインにも両親がいる」と言いました。この時ほど言葉の空しさを感じたことはありません。思うに、彼は想像力を欠いていたのです。いま言えることは、私の人生の半分以上を占めてきた事件がこれでようやく終わった、ということです。長い長い20年間でした〉

――以上です。なかなかのものでしょ。オブライエン氏は未来の大統領候補の一人だそうよ。ワシントンの死刑情報センターからもEメールが届いたので、これから翻訳して送信します。

ＰＳ．早めに終わったら、どこかで飲みませんか。

7時までに2ページの原稿を書き上げたものの、いくら待っても香織からのメールは届かなかった。部屋に電話をすると、パソコンの調子が悪いので手書きで書いている最中だという。これ幸いと奥の会議室でイタリアとクロアチアの試合の後半戦を観た。後半10分にイタリアが先制したが、28分に追いつかれ、その3分後に逆転のボレーシュートを決められた。地下の自動販売機でカルピスを買っている間の出来事だった。残り時間はあと15分。このまま敗れればフランス、アルゼンチンに続く優勝候補敗退の危機だ。

「トッティなんか引っ込めて、さっさとデルピエロを出せ」横で観ていた男がそう叫び、「そう思いませんか」と話しかけてきた。肩までかかる長髪で、年の頃は40歳くらい。サッカー雑誌のライターらしく、テレビを観ながらメモを取ったりしている。

「デルピエロよりも」と僕は答える。「いっそのこと、チェルシーからゾラを呼んだ方がいい」

ライターは膝を叩き、「ジャンフランコ・ゾラ！」と叫んだ。かなりテンションの高そうな男だ。

「その名前を忘れていた。ゾラは天才だ。いまだって、マラドーナと組んでナポリを優勝させた時と少しも変わっていない」

「ゾラには年なんか関係ない」

「そうだ、それなのに」と彼は呟く。「イタリアはこのざまだ」

「イタリアというのは謎めいたチームです」と僕は言った。

「というと？」と言って彼は身を乗り出す。

「ブラジルやアルゼンチンだってイタリアに勝つのは簡単じゃない。それなのに三流国と戦っても、イタリアの場合、それはそれで白熱してしまう」

「スペインもそうだ。イタリアとスペインは謎だらけだ。それにしても、この大会はひどい。観たくもないチームばかりが勝ち進む」

「そもそも、オランダが来ていないのが気に入らない」

「まったく、サーカス以下だ。一体どういう大会なんだ」

そう言うと彼は駆け足で会議室を出て行き、どこからか缶ビールを持ってきた。

紙コップに分けたビールを飲みながら、僕たちはワールドカップの話をする。そして、日本中の熱狂ぶりにアンビバレントな感慨を抱き合っていることを確認し合う。本物のサッカーファンは、みんなどこかおかしいと思っているのだ。

「日本はドイツ風のサッカーを目指すべきだ。あのスタイルが一番日本に合っている」

彼はそう主張し、ボルシア・メンヘングラッドバッハの話なんかをする。ネッツァーやフォクツがいた頃の話だ。ドイツに留学していたというだけあって、かなり詳しい。ゲルト・ミューラーやシュバルツェンベックの話題で対抗したものの、どうにも分が悪い。まあ、いいや。相手は専門家なのだし、逆らうと面倒なことになりそうだったから、途中からはひたすら頷いてビールを飲むことにした。そのうち、はるかの案内でドイツに行こうかな、なんて考えながら。ついでに音楽の都ウィーンにも。

結局、イタリアは1－2でクロアチアに敗れた。このままでは予選突破はおぼつかない。次のメキシコ戦はなりふり構わず勝ちにくるはずだ。これを見逃すわけにはいかない。僕は携帯のカレンダーで6月13日のスケジュールを確認し、〈20：30～死闘〉と入力する。

香織が電話をかけてきたのは9時前だった。

「これから送るけど、早く終わりそう？」と香織は言った。

「どうかな。終わったら、こっちから電話する」

「じゃあ、すぐに送る。A4サイズに2枚よ」

「分かった」

電話を切ると、すぐにファックスが流れてきた。

香織は29歳の帰国子女で、滞米生活が長かった割に文章はしっかりしている。性格もいいし、顔立ちもまあまあだ。7、8年前、僕たちはいつも一緒に出歩いていた。いまでも、たまに飲んだりするのだけれど、送信されてきたファックスの文字を見て、彼女を駒沢へ連れていくのはやめにした。相変わらず、香織は字が上手くない。下手だというのは言いすぎにしても、29歳の女の文字にしては幼く、つたない。自分の文字を棚に上げて、僕はそうしたことがいちいち気になってしまう性質なのだ。

〈ワシントンにある死刑情報センターのピーター・ゲイル氏の談話〉

筆圧の高い、ふぞろいの文字を眺めながら、初めて彼女から手紙を受け取った日に感じた幻滅を思い出した。そして、香織をはるかと比較している自分に気がついた。同じ女ではあっても、まるでレベルが違う。しかしまあ、レアル・マドリードと帝京高校サッカー部を比較しても始まらないだろう。そんなふうに考え、狭苦しい部屋の中で僕はくすくすと笑う。

冒頭にピーター・ゲイルの談話をはめ込むと、行数がピタリと合った。そのまま入稿し、小暮さんが置いていったウイスキーの小瓶を飲みながら菓子にメールを送信した。

〈今日は共和党議員の話を書く。時差の関係で取材はこれから。悪いけれど遅くなる。子供たちをよろしく〉

そして、メールのチェック。またはるかからメールが届いていた。僕はそれをプリントアウトして、駒沢へ向かうタクシーの中で読んだ。

ラジオ・エチオピア81――「比翼の鳥、連理の枝」

〈不思議な結合、とでもいうのかな、ゆうべ味わったような気分を。

本当に不思議な一夜だった。あなたと私という別々の存在が完全に調和したという感覚。比翼連理どころじゃないわ。肌身で感じるって、きっとああいうことをいうのね。あなたも、あなたの言葉も、いまではもう私の肌みたいなものよ。

ゆうべはいつになく暑かった。エアコンが効いていたというのに、おかしいわよね。風邪かな。それとも、心の熱さは身体の火照りにもなるということなのかしら？　ともあれ、一つだけ確実に言えることがある。あなたは私の地雷を踏んでしまったのよ〉

「おいおい」と僕は呟いた。

「何でしょうか」と運転手。

「いいえ、何でもありません」

メールはまだ続く。

〈夕方、スーパーへお買い物に行ったら、帰りに雨が降ってきた。一人きりでいる時の雨は嫌いなのに、商店の軒先で雨宿りをしていたら雨粒までもが優しく感じられた。嬉しいことね。様々な感情が雨粒のように天から降り注いでくるような、あの体感は何だったのかしら？　心の持ち方ひとつで何もかもがいままでと違って見えるという、そんな単純なことに改めて気がつくと、世の中の瑣末なことが煩わしくもあり、微笑ましくもあり、ね。ちゃんと息をして、自分の足で一歩ずつ進んでいけることに感謝したくなった。そして、そうした日常を歓べることが愛情なのだと、夕暮れどきの雨を見ながら考えていた。美しきかな、この人生、よ。部屋に戻って髪を乾かし、マニキュアを塗りながらモーツァルトのヴァイオリン・ソナタ（ワルター・バリリが弾いている32番よ）を聴いていたら、嬉しくてしみじみと泣けてきた。私って、本当に泣き虫よね。

さっき、オリーブオイルでアンチョビソースを作ったの。熱いソースをカリッと焼いたフランスパンにつけて食べると、とても美味しいのよ。この前、羽沢ガーデンで一緒に食べたみたいに、ソースの中にニンニクを入れておくと、こんがりとやわらかくなって、これがまた美味。白ワインにとても合うの。これで食後にグラッパがあれば言うことなしだけれど、残念ながら今晩は切らしているから我慢。

あなたはどうされているの？　雨には濡れなかった？　今夜は新宿でしょ。バッハを聴かせて。

haruka〉

## 11

意味もなく乾杯すると、小暮さんは何度も舌打ちをした。

「どうかしたんですか」と僕は訊ねる。

「どうもしない。今日が俺の誕生日だというだけのことだ」

「それはおめでとうございます」

「まあ、両親が勝手に俺を生んでから、今日で43年目ってわけだ」

嬉しくもない誕生日が巡ってきたせいか、普段に比べて口調が重々しい。それでも最初のビールを飲み干すと、どこかはしゃいだような、いつもの口調に戻っていた。

　夕方に降った雨も上がって、午前零時の駒沢通りはすっかり乾いていた。6月なのに今年は雨が少ない。日本代表のためにはもう少し湿気が欲しいところだけれど、空梅雨になるのかな。そんなことを話し、僕たちは窓越しに夜空を見上げる。

「今夜は星がきれいだな。俺の誕生日だからかな」

小暮さんはそう言って楽しそうに笑う。3回も離婚をし、あちこちに子供が7人もいるというのに、どうしてそんなふうに笑えるのか僕には分からない。でも、所詮は他人事だと思い、僕も一緒になって笑う。

僕たちはギネスを飲み、細長いテーブルの上に空き瓶をいくつも並べ、発泡酒についての意見を交わし合う。結論は最初から決まっている。あれは水っぽいし安っぽい。おかしな匂いがする。安ければいいってもんじゃない。そうそう、第一、貧乏くさい。あんなものは酒じゃないよな。……そんなどうでもいい合意に達し、何本目かになるギネスでもう一度乾杯をする。乾杯した以上はひと息で飲み干さなければならない。それが僕たちの間のルールだ。小暮さんと飲むと、そのせいでいつも酔っ払ってしまう。

ひと息でギネスを飲み干し、空のグラスを置いた僕はちょっぴり不思議な気分になる。小暮さんと飲んで朝帰りをしても、葉子は何も言わない。むしろ小暮さんの話を聞きたがり、それを面白がってさえいる。編集者や他の誰かと飲んで帰っても事情は一緒だ。それなのにはるかと飲んで帰ると、葉子はひどく不機嫌になる。なぜだ？　どうして相手がはるかだと分かるんだ？　匂いだろうか。それとも女の直感というやつなのか。僕には皆目見当がつかない。

「小暮さん、話って何ですか」

「大した話じゃない」

「女の話ですか」

「男の話よりはいいだろう」

「まあ、そうですね」

小暮さんは女出入りの絶えない、ちょっとしたカサノヴァで、城南地区に女が何人もいた。彼はそうした女たちを地名で呼んでいた。駒沢の女、祐天寺の女、八雲の女、三宿の女といった具合に。その中で小暮さんが愛情らしきものを感じているのは、多分、駒沢の悠子さんだけだ。36歳のファッション・デザイナーで、可愛がっているアフガンハウンドに小暮さんの名前をつけている。メスなのに、コータロー。美人とまでは言えないけれど、話をしているだけで楽しくなる女性で、僕も悠子さんのことは大好きだった。

「どの女の話ですか」と僕は訊ねた。

「お前の女の話だ」

「僕の女？　それは誰ですか」

小暮さんは、くっくっくと笑った。その笑い方がおかしくて、僕も一緒になって笑った。笑っているうちになおさらおかしくなり、二人でげらげら笑った。

「いつものやつを飲もうか」と小暮さんは言った。

「ストレートにしますか」

「うん、ライムと塩も一緒に頼んできてくれ」

「分かりました」

僕たちは壁によりかかってライムを齧り、ボトルキープしてあるテキーラを飲む。飲み始めて1時間にしかならないのに、もうかなり酔っている。

小暮さんは中目黒の女の話をした。これまで色々な地名を聞いたけれど、中目黒の女というのは初耳だった。その女が誕生祝に料理を作ってくれるというので、明日の夜は中目黒へ行かなくちゃならない。誕生祝がバッティングしないように、女たちには一日ずつずらした誕生日を教えているんだ。誰が聞いているわけでもないのに、小暮さんは小声でそう話す。そんな話を聞きながら、僕は笑ったり、感心したりする。

「あのインテリ女とはどうなった?」

小暮さんがそう切り出したのは夜中の1時過ぎだ。客はもうほとんどいない。窓の外の街灯が点いたり消えたりして、そのたびに小暮さんの額や目尻の皺が浮かび上がった。

「別にどうにもなりません」

「隠すなよ、こっちは全部知っているんだから。悪いことは言わないから、あの女とはもう別れろ」

「どうしてですか」

「お前はあの女のことを何も知らないんだよ」

「小暮さん、ちょっと待ってください。あの女って、片山はるかのことですか」

「いまはそうだ。でも、初めて会った時は村上はるかと名乗っていた。あの女は新聞社に入って、取材先で知り合ったカメラマンと結婚した。そこまでは知っているだろう？」

僕は黙ったままで頷いた。

「なぜ離婚したのか知っているか」

「嫌になったから、じゃないんですか」

「お前、そんな話を真に受けていたのか」

小暮さんはまたしてもくっくっくと笑い、「阿呆」と言う。

「嫌になったくらいで、代官山の一戸建てを出て行く女がいると思っているのか。土地建物合わせて2億だぞ」

僕は小暮さんの口許をじっと見つめた。三宿で歯科医をしている女に手入れしてもらっているから、彼の歯は気味が悪いくらいに白い。

「何も知らないみたいだから教えてやる。あの女は、カメラマンと結婚している間に新聞社の上司とデキたんだよ。その上司っていうのが俺の高校の先輩なんだ」

「中野の富士高校？」

「そういうこと。馬鹿な男で、3人も子供がいたのに去年の暮れに離婚した。あの女と再婚するためだ」

「そうだったんですか」

「あの女は週末ごとにその男の部屋へ来ていた。俺はそこであの女に会ったんだよ。その時はまだ村上姓だった。それなのに、二人はまるで夫婦みたいだったな」

そこまで話した時、悠子さんが店に入ってきた。彼女は僕の肩を叩き、小暮さんに何か耳打ちをすると、奥のテーブルについて分厚い雑誌を読み始めた。

「二人は、ずっとうまくいっていたらしい」と小暮さんは続けた。「ところが最近、女が全然会おうとしなくなった。携帯にも出ないし、メールを出しても返信が来ない。男は焦った。焦りに焦った。で、どうしたと思う？」

「電報でも打ったんですか」

小暮さんは手を叩いて笑い、忙しくかぶりを振った。20秒くらい待っても、テーブルを叩いたりして、まだ笑っている。とても43歳になる男とは思えない。遠くの席からそんな小暮さんを見て、悠子さんも一緒になって笑っていた。

「ヒントをやる。男は新聞記者だ」

「そんなこと言われても分かりませんよ」

「頭を使って、少しは考えろ」

「新聞に尋ね人の広告を出したとか」

小暮さんはまた笑う。30秒経過しても、まだ笑いは収まらない。つくづく、この人はしあわせ者だと思う。

「張り込んだんだよ。2日目の夜中に捕まえて問い詰めたら、あの女、泣きながらお前の名前を吐いたそうだ」

「それで?」と僕は訊ねた。「それでどうなったんですか?」

「色々とあったらしい。でもまあ、軽井沢へ連れて行ったりして、どうにか元の鞘に収まったそうだ」

「元の鞘に?」

「ああ、大した鞘でもないけどな」

急に耳鳴りがした。気が動転すると、たまにそうなる。テキーラを飲み過ぎたせいだろうか。いや、そうじゃない、あの女のせいだ。

小暮さんは新しいライムを追加し、手招きをして悠子さんを呼び寄せた。残り少なくなったテキーラを分け合い、三人で改めて乾杯した。悠子さんは買い替えたばかりだという携帯を見せ、私の携帯にかけてみて、と小暮さんに言った。着信があると背面が7色に光るのだという。

「面倒臭いから、お前がかけてやってくれ」

小暮さんに言われて携帯を取り出すと、着信ランプが青白く点滅していた。はるかからメールが届いたのだ。メールはすべてロック設定してある。僕は悠子さんの携帯を鳴らし、それから4桁のロック解除ナンバーを入力した。

〈原稿の調子はいかが？　今日はずいぶん遅くまでかかっているのね。私の方は明日早いので、今夜はレンドルミンを飲んで休むことにします。勝手なことばかり言ってごめんなさいね。

さっき大事なことをひとつ書き忘れた。食事をしながら、『Mozart l'unique』という本を読み返していたの。お行儀が悪いと母に叱られたけれど、読むのをやめられなかった。この本は何よりもあなたのことを思わせるのよ。

あるとき、ロッシーニは質問を受けた。

「もっとも偉大な音楽家は誰だとお考えですか？」

「ベートーヴェンです」彼はためらいなくそう答えた。

「ではモーツァルトは？」

「ああ、彼はまさにユニーク（unique）です」

このユニークという言葉は美しい。あるいは、そこに奥深いものすら感じる。ところが、いざあらたまって、この言葉が何を意味するのかを考えようとすると、すっかり途方に暮れてしまう。ユニークとは、他より優れていることを意味するのではなく、他から
かけ離れていること、つまりは比較のしようがないことを意味している。

これがジャン＝ヴィクトル・オカールの『比類なきモーツァルト』の書き出しよ。そう、あなたは誰かと比較されるような人ではない。私が愛した男がそんな程度の人であるはずがない。そして私もそんなあなたに相応しい女になりたいと願い、フランスパンを齧りながら、また泣いてしまった。本当に馬鹿な女よね。でも、どうしてもそのことが書きたかったの。

おやすみなさい。

haruka〉

# 12

午前3時に店が閉まると、タクシーに乗って悠子さんの部屋へ行った。家賃が30万円近くもする豪華なマンションだ。リヴィングのテーブルにシャンパンとリボンのついた細長い袋が置かれているのを見て、すぐに帰ろうと思ったけれど、飲みすぎて身体が言うことをきかない。それ以上に、僕は喋りすぎてしまったみたいだ。

「さっき話していたネクタイ、どうしたの？　もう捨てちゃった？」

シャンパンを注ぎながら悠子さんが僕に訊ねた。

「その鞄の中にあります」

「どんなネクタイなのか見てみたいな」

「どうぞ」僕はパソコンを入れた鞄からネクタイを取り出し、テーブルの上に置いた。

「あらまあ」と悠子さんは言った。はるかからプレゼントされたネクタイは、縫い合わせの部分から半分に切られていた。切られたことに気がついたのは4、5日前のことだ。捨てるつもりで鞄の中に入れていたのに、どうしても捨てる気になれず、それ以来、ずっと持ち歩いていたのだ。

「でも、いいネクタイだわ。彼女、センスがいいと思わない？　この二匹並んだライオンさんが可愛らしいわ」

「ああ、そうだな」と小暮さんは言った。「このフェラガモって、いくらするんだ？」

「1万5000円よ。ねえ、このネクタイ私が直してあげようか。すぐに元通りにしてあげるわよ」

「いいえ、結構です」と僕は答えた。「そのネクタイはもうするわけにはいかないから」

「そうよね。じゃあ、もったいないけど、ポイだ」

悠子さんはネクタイを丸め、部屋の隅へ放り投げた。ネクタイは屑籠のだいぶ手前に落ちた。悠子さんは「チェッ」と舌打ちをし、「比翼連理か」と呟いた。どうしてなのか、彼女は少し腹を立てているように見えた。それから、僕たちは三人でシャンパンを飲んだ。小暮さんは上機嫌だった。悠子さんの方はそうでもない。いや、かなり機嫌が悪い。僕のせいかもしれない。そんなふうに思えて落ち着かなかった。

目を覚ましたのは午後の1時過ぎだった。小暮さんは向かいのソファーでまだ眠っていた。リヴィングに隣接した台所に、なぜか香織が立っていた。彼女はオブライエン議員の話をしながら、悠子さんと一緒にサンドイッチを作っている。僕は聞くともなしに二人の会話を聞いていた。そのうち、香織は「ある男」の話をし始めた。3年間も付き合っていたのに、その男は勝手に他の女と結婚してしまったとか、そのせいで婚期を逸してしまったなどと、悠子さんを相手にそれこそ勝手なことを喋っていた。

「あなたって、つくづく不思議な人だわね」それまで黙って聞いていた悠子さんが言った。

「不思議って何がですか」と香織。

「あなたのことが分からないわ。一つ、質問をしていい?」

「はい、答えられることなら」

「その人よりも私の方が100倍もあなたを愛しているのよって、あなた、どうしてそれが言えなかったの?」

「どうしてって言われても」

「幸福が空から降ってくるとでも思っていたの? 要するに、あなたは初めからその男を愛してなんかいなかったのよ」

「そうかなあ」

「そうに決まっているじゃない」

電話のコール音で小暮さんが目を覚まし、女たちの会話はそこで終わった。注文しておいたケーキが出来上がったらしい。

テーブルにはワインや唐揚げなどが用意されていた。ワインの横にフェラガモのネクタイが置かれ、「コータローへ」の書かれたバースデーカードが添えられていた。小暮さんはネクタイをひらひらさせながら、僕の目の前にクリーム色のバースデーカードを差し出した。

〈私はあなたの一番でありたいのよ。あなたが私の一番であるように。

悠子〉

昼食にビーフサンドを出されたけれど、食べる気にはなれなかったし、誕生祝に付き合うつもりもなかった。薬子の携帯は相変わらず着信拒否になっている。今日に限っては、それもむしろ有り難いくらいだ。

パソコンを起動すると、はるかからメールが届いていた。珍しく件名のないメールだった。

〈クララはガブリエルの愛人になって満足だった。二人の関係の複雑さ、事の全体にまつわる怪しげな味わいにガブリエルに対する気持ちは昂ずるばかりだったので、彼女はむしろガブリエルという男より、こうした立場を楽しんでいるのではないかと不安になることさえあった。それでいて、夜遅くに彼がフィリッパのもとへ帰っていく時になると、かすかな怒りが嫉妬深くうずくのを感じるのだ。クララはまさにこの怒りをいつくしんでいた。なぜなら嫉妬という古典的な熱情、それを感じること自体が生きているという証なのだし、毎日の生活に価値を与えてくれるような気がしたから。ガブリエルとはそう頻繁に会うわけにはいかなかったし、彼を十分に自分のものにすることもできなかった。しかしながら彼女は、すでに人生から学んだ知恵で、多すぎるよりは少ない方がいい、完全に所有するよりも欲求を燃やしている方がずっといい、と思っていた。

Jerusalem the Golden——text by Margaret Drabble.

haruka>

＊

はるかは、それからも毎日メールを書いてよこした。僕の方からは出さなかったし、電話もしなかった。しばらくすると、彼女は「開封確認」を要求するようになった。開いた時間によって心の内を見透かされるような気がしたので、少し時間を置いてから開くようにした。そうこうしているうち、彼女からのメールにはどこか非難の調子が混じるようになった。

なった。

〈もう電話もして戴けないのですか。

さっき、小暮さんから意味不明のメールが届きました。あの人から何か聞かされたのですね。何を聞かされたのか知らないし、別に知りたいとも思わない。小暮さんなんかに私の気持ちが分かるはずはないのだから。あの人は私のことを何も知らない。少なくとも、いまの私のことは何も知らない。それを知っているのはあなただけのはずよ。

私が何を求めているのか、あなたはまだ分からないの？　あなたが何を求めているのか、私は知っているつもりでいるのに。私が望んでいるのは他の誰かとの生活ではなく、安楽な結婚生活などでもなく、あなたと一緒に過ごす時間だけなのに。

私の人生には、あなたがいる。いまも、これからも。でも、あなたの人生に私は存在するのかしら？

風声鶴唳《ふうせいかくれい》の心境……。今日はこれから入稿です。

haruka〉

# 13

僕は子供たちと一緒にワールドカップをテレビ観戦し、連日、朝まで仕事をした。ベルギー、ロシア、スウェーデン、デンマーク、スペイン、ポルトガル、アイルランド……この間、彼らはいくつもの国の名前を覚えた。

葉子はリヴィングの壁に世界地図を貼り、毎朝クイズを出して、それぞれの国の場所を覚え込ませようとした。でも、それも長続きはしなかった。子供たちが二日続けてスペインとポルトガルの場所を間違えると、葉子は「もういいわ」と呟いてクイズを打ち切り、世界地図はリヴィングから消えた。その朝、二人は僕の仕事部屋に来て、もう幼稚園に行かないと言い張って泣いた。

日本はベルギーとの初戦を2対2で引き分けた。かつては「赤い悪魔」と恐れられ、86年メキシコ大会ではシーフォを擁して大暴れしたベルギーは、スピードもなければ技術もないチームに成り下がっていた。勝っていてもおかしくない相手だったし、事実、途中まで日本は2対1とリードしていた。

続くロシア戦は、予選突破へ向けた最も重要な一戦となった。結果は1対0。ワールドカップ通算5試合目となるこの試合で、日本は初の1勝をあげた。この日、それ以外のニュースはなかった。

その夜、はるかは5通のメールをよこした。体調を崩しているらしく、何種類もの薬を飲んでいると書いていた。携帯の留守電に吹き込まれている声を聞いて少し心配になり、長いメールを書いたものの、結局はほとんど消した。

〈もう会うわけにはいかない。理由は言わなくても分かるだろう?〉

これで終わった。結局、そういう巡り合わせだったのだ。そう思うことにしてパソコンに向かい、その日は明け方まで仕事をした。

# 14

チュニジア戦が行われた6月14日、僕は大阪に住む友人と長居スタジアムへ出かけた。あとにも先にも、一つところであれほど大勢の人間を見たことはない。観衆は4万5000人だったけれども、スタジアムの外にまで人が溢れ返っていて試合開始前から耳鳴りがしっ放しだった。混乱を恐れた地元の自治体が、周辺の学校を休校にしたほどだ。

湿度55％の大阪で、日本は序盤から攻めた。前半は無得点に終わったものの、すでに予選敗退が決まったチュニジアのモチベーションの低さにも助けられ、後半開始早々に相手のクリアミスから得点し、結局、2対0で勝利を収めた。楽な組み合わせの予選グループに入ったとはいえ、グループ1位での予選突破で、決勝トーナメント初戦の相手はCグループ2位のトルコ——願ってもない相手だ。もっとも、トルコの方もそう思っているに違いない。

その夜は豊中市の友人宅に泊まり、彼の母親が経営する小料理屋で酒を飲んだ。9時過ぎに携帯が鳴り、すぐに切れた。はるかからだ。電話をよこせという合図のはずだったけれど、すぐにまた携帯が鳴った。今度は10回以上もコール音が鳴り続けた。放っておくと、5分ほどで携帯にメールが送信されてきた。

〈あなたは私のすべてが欲しいと言う。そのくせ、次にはメールに勝手なことを書いてよこし、電話にも出ようとしない。私はあなたのすべてを得たいとは思わないけれど、虫が、い、い、い、よすぎるわ。あなたの思い通りにはいかないわよ、少なくとも私に限っては。どうかそのことをお忘れなく。ご自分を分かって欲しいと思うのなら、それなりのことをなさったら？〉

このメールは普通じゃない。何かあったのだろう。僕は店を出て、はるかに電話をかけた。道端では中学生にしか見えない女の子たちが新聞の号外を広げ、ほろ酔い気分の老人までが日本戦の話をしていた。

「日本が勝って、よかったな」と僕は言った。他に言うべき言葉が見つからなかった。

はるかはしばらく黙り、「それがどうかしたの」と言った。「勝つに決まっているでしょ。最初から仕組まれているんだから」

「どういうこと？」

「どうでもいいわ、そんなこと」

「どうかしたの？」

「したわよ」彼女は珍しくぶっきらぼうな口調で言った。「ちょっと伺うけれど、あなたの奥さま、ニフティのアドレスを持っていらっしゃる？」

「持っているけれど」

「XLV02100って、これ、あなたの奥さまのアドレスでしょう？」

「どうして知っているの？」

「さっき、奥さまからメールが届いたのよ」

「メールが届いた？　どこへ？」

「決まっているじゃない、この私のところへよ」

はるかのもとへ葉子からのメールが届く――事態を飲み込むのに少しばかり時間がかかった。というか、嘘だろうという気がした。

「どういうこと？」

「こっちが訊きたいくらいよ。私のアドレスを教えるなんて、あなた、卑怯よ」

「教えるわけがないだろう」

「じゃあ、どうして私のところへメールが届くの？」

「そのメールには何て書いてあったの？」

「読みたかったら転送して差し上げるわ」はるかは深い溜め息をついた。「あなたの奥さま、なまなかの人じゃないわね。いいわ、おかげでファイトが湧いてきた。でも、オブライエンって誰のことなの？　まるで意味が分からないわ」

「オブライエン？」

「あなたのことをオブライエンではなく、ケインだと書いていた。一体どういうことなの？」

「さあ、何のことだろうね」

「とぼけないでよ、失礼しちゃうわね」

電話の向こうで、ドシンという鈍い物音がした。何かを投げつけているらしい。

「落ち着け」

「どうして落ち着いていられるの？　こんな、人を馬鹿にした話がある？　他人のメールを盗み読みするなんて許せない。その上、いけずうずうしくもこんなメールまでよこして。いいわ、こんなことをするんだったら絶対に排斥してやる」

「ちょっと待て。メールを読まれていたっていうのは本当か」

「そうに決まっているじゃない。彼女の方こそ泥棒猫よ。どうして、こんな女と結婚したの？　あなたの人間性まで疑っちゃうわ」

そんなはずはない。メールはロック設定をした上で全て消去していたし、フロッピーディスクはキーの付いたボックスに入れてあるのだ。読まれているはずがない。しかし、それを見ない限り、葉子がはるかにメールを出せないことも確かだ。どういうことだ？　あれこれと思考を巡らせている間にもはるかは葉子に悪態をつき、修羅場は嫌い、面倒なことに私を巻き込まないでなどと言った。

「そのメールは長いの？」と僕は訊ねた。

「牛のよだれみたいに長いわ」

「とにかく、俺の携帯に転送してくれ。それを読んでからまた電話する」

「ええ、送って差し上げるわ。でも、あなた、家に帰ったらひどい目に遭うわよ。そんな思いをしてまで、こんな女のところへ戻りたいの？」

「とにかく、転送してくれ」

電話を切ると、すぐにメールが転送されてきた。件名はつけられていない。送信者名も書かれていなかったけれど、葉子が書いたものに違いなかった。携帯の液晶画面をスクロールしているうち、また耳鳴りがした。

〈片山さん、こんにちは。

日本チームが勝ってよかったわね。あなたはずいぶんサッカーに詳しいようだけれど、私は今日、生まれて初めてサッカーというものを観ました。真面目に観ると、それはそれで面白いものね。テレビを観ながら、この人たち、いいなあって思った。羨ましいわ、年がら年中、半ズボンを穿いていられて。生まれ変わったら、私も男になってサッカーの選手になりたいと思ったほどよ。

突然のメールで驚かせてごめんなさい。でも、どうしてもお訊ねしたいことがあったのでメールを出すことにしました。私が訊きたいのは一つだけ。簡単な質問よ。あなたたちの武陵桃源の地って、どこなの？　差し支えなかったら教えて頂戴。何だったら、近くまでお見送りして差し上げるから。

私からの質問は以上。

恋人たちは伝記作家になる。そう書いていたのは誰だったかしら？　互いの過去を漁ることによって相手を深く知ったつもりになり、自分のものだと考えるようになる。確か、そんな文脈で書かれていた文章だった。ほどよく洒落て、しかもまた真実を含む言葉だとは思わない？　でも、恋愛関係が破綻するのも実はそんなところからなのよ。

あなたはガブリエルを質問攻めにしているみたいだけれど、彼の伝記を書くのは無理ね。あのガブリエルはけして本当のことなんか言わないんだから。子供の頃から嘘つきで、いまだって秘密だらけの人なのよ。致命的なのは、ろくでもない秘密がばれてさえいないと思っていることよね。この際だから、あなたに一つ教えてあげる。彼は自分のことをオブライエンだと思っているようだけれど、実はケインなのよ。スティーヴン・ケイン。それが彼の本当の名前よ。

　ともかくも、こうなってしまったのも半分は私のせいよね。不羈奔放と言いつつ、自堕落な我が身を猛省しました。以後は私も、あなたに倣って櫛風沐雨《しっぷうもくう》の労に耐えて頑張ろうと思います〉

　何度か読み返し、携帯をいじっているうちにやっと事態が飲み込めた。と同時に、また耳鳴りがした。携帯メールの「自動転送先」には、知らぬ間に葉子のアドレスが入力されていた。葉子は、僕あてに送信されてきたメールをすべて自分のパソコンで読んでいたのだ。

　電話をしても、はるかは出なかった。一心不乱にメールを書いているに違いない。案の定、しばらくすると長いメールが送られてきた。

〈女の人って分からないものね。そういう私も女だけれど、私はどこかずれているのかもしれない。でも、そうだからといって、この思いを否定したくはない。それは自分に嘘をつくことであり、同時にあなたを否定することになるのだから。私にはそんなことはできない。愛した人がたまたま結婚していたからといって、それがどうしたっていうの？　メールを盗み読みし、その上で干渉をしたり、邪魔をしたりするのであれば、それこそ排斥しなければならない。

といって、表立って何かをするつもりはないから安心して。当面はね。でも、それから先のことは自分自身でもよく分からない。人を愛するということは、少なくともそのくらいの覚悟をする気概が必要だということではないかしら。

さあ、私たちはどうする？　私は少しも揺れていない。これまで書いたことに一つも嘘はない。とても大切に思っているし、失くしたくない。あなたと同じものを見て、同じ道を歩いていくことに決めたのだもの。どんなに非難されてもいい、私はあなたと一緒にいたい。

ねえ、すべてがうまくいくということは有り得ないのかしら。考えてみて。私も真剣に考えるから。その上で、この先もなお嘘をついて生きていくしかないのなら、せめて私は誠実な嘘つきでありたい。

haruka〉

# 15

翌日の夕方、旧山手通り沿いにあるレストランで何日かぶりにはるかと顔を合わせた。僕はビールを飲み、赤と白のワインを1本ずつ注文した。こうなったら、もう飲むしかない。

前の晩もそうなら新幹線の中でも眠れず、寝不足で目が痛かった。はるかも生気がなく、ひどくだるそうにしている。明け方にまたレンドルミンを飲んだのだという。ドイツ製の高価な睡眠導入剤だけれど、母子家庭で医療費の負担の少ない彼女は、ただ同然で手に入れられるのだ。僕もたまにはるかからもらって飲む。2錠も飲めばぐっすりと眠れるし、メラトニンよりもずっと目覚めがいい。徹夜明けに15時間眠ったこともあるほどだ。はるかの様子から察して10錠近くは飲んでいるに違いない。

外はまだ明るかったけれど、近くのテーブルに芸能人らしき一団がいて、従業員も客もきょろきょろと彼らの様子を観察していた。そうした視線をたっぷりと意識しながら、彼らはスポーツ紙を回し読みし、昨日のチュニジア戦の話をして飲んだり笑ったりしている。とはいえ、いまの僕の目に彼らの姿は映っていない。

僕たちは無言のままで乾杯をした。話は5分ほどで済んだ。さして込み入った話ではない。

「あなたの話は分かった」

彼女はプラダのハンドバッグから古い本を取り出してテーブルの上に置いた。マーガレット・ドラブルの『黄金のイェルサレム』。河出書房新社から82年に出版された本で、表紙にパラフィンがかけられ、最後のページに朱肉で「はるか蔵書」と捺印されている。

「この蔵書印は？」と僕は訊ねた。

「中学の時に父が作ってくれたの。気に入った本にはそれを押すことにしているのよ。でも、この本はあなたに差し上げるわ」

「気に入っている本なんだろう？」

「いいの、原書を持っているから。読んでみて。まるで自分が書いた文章じゃないかって、錯覚することがあるほどなのよ」

僕はその本をパラパラとめくり、ところどころを拾い読みした。訳者の解説を読んでいる時、はるかがじっとこちらを見つめているのに気がついた。

「どうかしたの?」

彼女は黙ったままで首を振り、「騒々しいから、もう出ましょう」と言った。

「解説を読んだら出る」

「急かさないから、ゆっくり読んで」

読み終えて顔を上げると、またはるかと目が合った。彼女は微笑み、ゆっくりと視線を外した。ゆうべはあれほど荒れていたのに、一夜明けて気分が変わったらしい。レンドルミンのせいだろうか。ゆったりと椅子に腰かけ、すました顔でマニキュアを塗った指先をさすったり眺めたりしている。女っていうのは不思議だ。

店を出たのは夜の8時過ぎくらいだった。僕たちは代官山の方へ向かってぶらぶらと歩いた。しばらく歩いたところで小雨がぱらついてきた。大した雨でもないのに、「雨宿りしていきましょう」とはるかは言った。

「どこで?」と僕は訊ねた。

「少し先に、夫の家があるの」

「もう他人の家だろう」

「私とはね。でも、娘の父親って他人なのかしら」

「ごめん、他人であるはずがない」

「でもまあ、他人は他人よ。あの他人は来月まで帰って来ないし、私たちは今日で最後なんだから、一度くらい、いいじゃない」

僕たちが歩いていたのは小高い場所にある住宅街だった。控え目にいっても、そのあたりは高級住宅街と言えた。はるかが結婚していた相手は20歳年上のカメラマンだったはずだ。総合商社のカレンダーなどを撮っていると聞いていたけれど、それ以外のことは何も知らない。はるかがどんな家に住んでいたのか、僕はそれを知りたいと思った。

何本か角を曲って辿り着いたのは、ゆるい上り坂の途中にある白い家だった。大して広くはないにせよ、周りの家に比べて見劣りするということもない。ガレージにはレインジ・ローバーとハーレー・ダヴィッドソンが2台、それに赤い三輪車があった。カメラマンはかなり金回りがいいみたいだ。

はるかはハンドバッグからキーを取り出し、竜の顔を模った鉄製の鍵受けに差し込んだ。鍵を回すと、玄関にオレンジ色の灯りが点り、奥の方からチャイムの音が聞こえてきた。僕は彼女のあとについて急な石段を上った。

カメラマンは不在がちらしく、庭先の小さな池は乾き切っていた。玄関の前に空の植木鉢が何個もあり、電気メーターには蜘蛛が巣を張っていた。近くで見ると家は思ったよりも古く、壁の所々にひびが入っていた。建てられてから、もう20年近くたっているのだという。それでも、白い壁と薄いオレンジ色の窓枠のコントラストがどこか異国情緒を感じさせる。小暮さんが言うように、確かにこれはちょっとした財産だ。はるかは6年前にこの家を捨てて、新聞記者のもとへ走った――少なくとも、小暮さんの説明によればそういうことになる。そこにどんな理由があったのか、彼女からそれを聞き出してやろうという気になっていた。

はるかは僕を待たせて家の中へ入った。雨はもうやんでいて、あたりには湿った空気が充満していた。ひどく蒸し暑い夜で、じっとしていても汗が背中を伝って流れるのが分かった。広い庭を眺めながら煙草を吸っていると、掃除機を使う音が聞こえてきた。10分ほどすると、掃除機の音に代わって、少し前に彼女からプレゼントされたガブリエル・フォーレの『レクイエム』が聴こえてきた。

# 16

玄関を上がった右手に細長い廊下があり、そこには額縁に入れられた大小様々な写真が飾られていた。廊下側に窓が少ないのは、家主であるカメラマンが壁を一つのギャラリーにしようとしたためだろう。幸いエアコンだけは新品らしく、リヴィングから吹き込んでくる冷気で、どうにか一息つくことができた。

ルクスの低い、オレンジ色の電灯の下で、しばらくの間、僕は壁に飾られた写真を眺めた。とはいえ、いくら見ても彼がどんな分野のカメラマンなのかは見当がつかない。離婚してから5年もたっているというのに、被写体になっているのははるかと娘の写真ばかりなのだ。

「これを見て」

はるかが指差したのは、生後間もない娘を抱いている写真だった。上半身裸で、娘に右の乳房を吸わせている。左の乳首の下には大きな腫瘍が浮き出ていて、まるで上下に乳首が2つ並んでいるように見える。初めて見た時は一種の奇形かと思ったものだけれど、それは出産後に出来た良性の腫瘍なのだった。

その横には黒いコートを着て、バス停の前に立っている写真が飾られていた。カメラマンと知り合って半年くらいたった頃、一緒に奥鬼怒へ出かけた時の写真だという。僕はその写真が気に入った。さびれた停車場の前で、はるかは指先に挟んだ煙草をカメラの方に向けて楽しそうに微笑んでいる。あと7、8年早く知り合っていたら——はるかと出会ってから、そんなふうに考えたことが何度かあった。これはそんな仮定に答えを与えてくれそうな写真だった。

「ちょうど妊娠したことが分かって煙草をやめることにしたのよ。だから、それが出産前の最後の一本というわけ」

定山渓や沖縄へ旅行した時の写真もあり、ハネムーン先のベリーズで撮影したという写真もあった。どれも見事といえば見事な写真だったけれど、壁に貼られた写真を見て、唐突に離婚を切り出されたカメラマンの不幸を思った。はるかの説明によれば、二人が結婚していたのは1年と11ヵ月。そのうちの8ヵ月間は妻が妊娠中で、残りの日々は大半が離婚の調停に費やされたのだ。

壁には1枚だけ男の写真が飾られていた。棺桶の中で死化粧を施された70歳くらいの男の写真だ。血の気のない頬がひどく気味悪かった。同居していたカメラマンの父親で、商社マンとして長い間、香港に駐在していた人だという。

僕はリヴィングへ通され、香港製の硬いソファーに腰かけた。ガラス張りのテーブルにも香港製のオルゴールが置かれ、壁には「九龍」と書かれた掛け軸があった。はるかはテレビをつけ、缶ビールと灰皿を持ってきた。

「いい家だね」と僕は言った。

「私も気に入っていたの。義理の父が香港時代に住んでいた家をそのまま再現したのよ」

「さっきの写真の人？」

「そう。私はあの人に中国語を教わったの。でも、結婚してすぐに亡くなってしまったわ」

「彼の母親は？」

「彼が中学の時に亡くなったのよ」

「じゃあ、結婚してからは親子3人だけでこの家に住んでいたってわけか」

「そうよ。娘が生まれてから1年間は完全な専業主婦だった。毎日毎日、愛しているって言ってたわ、娘にね。何か作るから、ビールでも飲んでいて。何がいい？」

「何でもいい」

「そんなふうに言わないで」

「じゃあ、チーズがあればチーズ。それとオムレツ」

「任せておいて」

はるかはリヴィングの窓を開け、天井からぶら下がっている扇風機のスイッチを入れた。庭の方から生暖かい空気が入ってきて、エアコンの音がほんの少し高くなった。

「煙たいわ。あなた、煙草の吸いすぎよ。空気を入れ替えておくから、お風呂にでも入ってきたら?」

「そこまでくつろぐ気はないよ」

「どうして? くつろげばいいじゃない。第一、ひどく汗をかいているわ。入ってきて。その間に下着を乾かしておくから」

この女は何を考えているのだろう? エアコンの音を聞きながら、不思議な気分でいるとリヴィングの電話が鳴った。ワンコールで留守番電話に切り替わった。くぐもった感じの男の声がメッセージを吹き込むようにと促したものの、すぐに切られた。

「いまのが結婚していた人?」

「そう。先週からカナダに撮影に行っているらしいわ。今日はモントリオールあたりじゃないかしら。娘によれば、だけれどもね」

「そうなのか」

「彼は彼で好きにやっているのよ。だから気にしないで、お風呂、どうぞ」

「ビールを飲んで、入りたくなったら入る」

「そうして。遠慮することなんかないのよ」

はるかが部屋を出て行くと、僕は葉子の携帯にメールを送った。

〈仕事で少し遅くなる。子供たちの様子はどう？　明日の夜は中華街で食事をしよう。ジョーンに子供たちを預かってもらえるか訊いておいて〉

ビールを飲みながら、僕は一人で教育テレビを観た。深刻なデフレを解消するにはどうすればいいのか。どこかの大学の教授が、ボードを使ってそれについての解説をしていた。普段なら間違っても観ないような番組だけれど、チャンネルを変えようにもリモコンが見当たらなかった。雨脚が強まってきた。窓を閉めに立ち上がると、稲光がして雷鳴が轟いた。サッシを閉じても、雨の音がやかましかった。そのうち、大学教授の頭の上に「暴風注意報」のテロップが流れた。

はるかは部屋を出て行ったきり、なかなか戻ってこなかった。キッチンの方へ声をかけても返事がない。携帯を鳴らしても出なかった。探しに行くという選択肢もあったけれど、歩くたびに床が不吉な音を立てるし、廊下には死化粧を施された男の写真がある。全体的に、この家にはちょっと気味の悪いところがあった。それでもトイレに行きたくなり、玄関の方だろうと見当をつけて、窓の外の明かりを頼りにゆっくりと玄関の方へ歩いた。階段の下を通りかかった時、上の方から話し声が聞こえた。電話での話し声ではなく、会話のように聞こえる。ひょっとしたら、2階に誰かいるのかもしれない。不安な気持ちで小用を足していると、携帯に葉子からの返信メールが届いた。

〈明日の夜はご両親をお招きしているのよ。自分の母親の誕生日も忘れて、何をビクビクしているの?〉

もう耳鳴りはしなかった。憂鬱ですらなかった。今日で何もかもが最後なのだから。

はるかが戻ってきたのは20分くらいしてからだ。彼女は遅くなったことを謝り、新しいビールと何種類かのチーズを載せた皿を運んできた。

「お風呂はいつでも入れるわ」

「どこにあるの?」

「2階よ。ご案内するわ」

「さっき、2階から人の声が聞こえた」

「彼の部屋で娘が生まれた頃のビデオを観ていたのよ」

「そうだったのか」

「彼はこれを何度も観ているんだろうなと思ったら、ちょっぴり泣けてきちゃった。私って本当に身勝手な女よね」

「いま頃になって気がついたのか」

「遅きに失したわね。お風呂はどう？」

「どうしてそんなに風呂に入れようとするの？」

「強制はしないわ。じゃあ、食事にする？」

「うん、そうする」

はるかがチャンネルを変えると、チュニジア戦のダイジェストが流れた。次に日本代表チームの練習光景が映し出され、決勝トーナメント初戦の相手であるトルコ代表チームの戦力分析が始まった。都内にあるトルコ料理店の様子が映し出され、何人ものトルコ人が出てきて色々なことを喋った。いまの日本に、トルコ戦以外の話題は存在しなかった。

カメラマンは売れっ子らしく、リヴィングの電話は何度も鳴った。そのたびに留守電に切り替わり、男の声が流れた。何度目かに留守電のテープが回った時、携帯が鳴った。はるかからだった。

「ワインはいかが？」

「ぜひとも頼むよ」

「手が離せないからキッチンまで取りに来てくださる?」

「分かった、すぐに行く」

「ワインは食事の知的な部分である——そう書いていたのは確か大デュマよね」

「手が離せないいんじゃないのか」

「そうよ。でも、口は大丈夫」

長い廊下を通ってキッチンへ行った。はるかはフライパンを手に鼻歌を歌っていた。オリーブオイルを使ってオムレツを作っている。いつの間にか、モスグリーンのワンピースに着替え、娘に電話をして笑い声を上げたりしている。またしても僕は、女というのは不思議な生き物だ、と思う。はるかに言われて冷蔵庫からワインを取り出し、その場で栓を抜き立ったままで飲んだ。アイボリーで統一されたキッチンは真新しく、まるでショールームにいるみたいだ。GE製の巨大な冷蔵庫には食材がぎっしりと詰め込まれ、棚には50種類くらいの香辛料の瓶が並んでいる。大きな食器棚が2つあり、30人くらいの客がもてなせそうなほどだ。食器棚の脇に吊るされたワイングラスは数も種類も豊富で、指で弾くと実にいい音がする。どれも結婚した時にはるかが選んだものだという。とはいえ、不在がちのカメラマンには必要もないものばかりだ。要するに、これらは失敗に終わった結婚の残骸なのだ。

　このキッチンは廊下を隔てて玄関と面している。玄関の脇に電子レンジが置かれているのを見て不思議に思い、なぜなのかと訊ねた。

「タオルを温めるために買ったのよ」

「タオルを？」

「鍵受けにキーを差し込むと、玄関先に灯りが点いてチャイムが鳴るの。それで彼が帰ってきたことが分かるから、あのレンジにタオルを入れてスイッチを押すのよ。彼が階段を上がってきて玄関を開けた時、どうぞって、あったかいタオルを渡せるようにね」

　話しながら、はるかは両手でタオルを差し出すような仕草をした。

「毎日、そんなことをしていたの？」

「最初の1ヵ月くらいはそうしていたかな。そのうち、緊張するからやめてほしいって彼が言い出したの」

「彼は緊張していたのか」

「知らない。他にも色々なことを言われたわ」

「どんなことを？」

「家にいる時は化粧を落とせとか、どうしていつもよそ行きの恰好をしているのかとか。

私はそうするのが当たり前だと思っていたから、緊張すると言われてびっくりしたわ。見解の相違よね」

「他にどんな見解の相違があったの？」

「スーパーを回って、少しでも安いものを買うようにしろとか、せいぜいそんなことよ。頭に来たから、次の日から1週間、100グラム2000円のステーキを毎晩出してやったわ」

はるかは楽しそうに笑い、オムレツを仕上げるコツについて話した。彼女の話はいつも僕を驚かせる。まさかと思うような芸能人のゴシップや、聞いたこともない料理とそのレシピ、週刊誌の編集長の愛人の名前から大詩人《グローリアス》ジョン・ドライデンの私生活まで彼女は何でも知っている。

「オムレツの他に何を作っているの？」

「サーモンマリネにミネストローネにアンチョビソースよ。もちろん、フランスパンも。焼き上がりに乞うご期待ってところね。ワインを1杯飲んでいる間に出来るから待っていて頂戴」

「こんな食材、いつ買ったの？」

「夕方よ。あなたと一緒に食べようと思って紀ノ国屋で仕込んでおいたの。そうだ、リヴイングの棚から『ナルディーニ』を出しておいて戴けない？」

「『ナルディーニ』があるの？」

「グラッパグラスだってあるわよ。彼はほとんど飲まないから、あのグラスはあなたに差し上げるわ」

リヴィングの棚には7、8本のボトルがあった。1本ずつ取り出してみたけれど、置かれていたのはウイスキーとリキュールだけで『ナルディーニ』はない。それでいて、不思議な形をしたグラッパグラスがいくつもあった。ボトルを戻す時、棚の一番奥にキーホルダーがあることに気がついた。小さな鍵が3個ぶら下がっていて、「1」「2」「3」という数字が刻印されている。それを手にしていると、はるかが料理を運んできた。

「『ナルディーニ』はなかったよ」

「おかしいわね。1週間前に来た時はあったのに。誰が飲んだのかしら」

「自分で飲んだんじゃないの」

「まさか。離婚してから一度しか来ていないのよ。その一度っていうのが先週なの。泊まりに来ていた娘が熱を出したというので6年ぶりに来たのよ」

「これは何の鍵かな」

キーホルダーを揺らすと、はるかは一瞬だけそれに目をやった。

「それ、どこにあった？」

「この棚の奥。何の鍵なの？」

「暗室の鍵よ。もとの場所へ戻しておいて」

僕は鍵を戻し、ソファーに腰かけた。それから二人でサーモンマリネを食べ、アンチョビソースをつけたフランスパンを齧り、『コート・デュ・ローヌ』を飲んだ。どうしてなのか、オムレツだけがひどく大きな皿に盛りつけられていた。

「ケチャップの量は？」とはるかが訊ねた。「たっぷり？　それとも少な目にする？」

「任せるよ」

「じゃあ、適量ということで」

はるかはケチャップでオムレツに「だいすき」と書き、大きな皿の端に「はるかより」と書き添えた。まるで書道の先生のような文字で。

「これがオムレツの醍醐味よね」

はるかはそう言って笑い、「私のオムレツにサインして」と言う。僕はフォークを持ったままで笑い、彼女の頬にキスをする。はるかは上機嫌だ。大ぶりのグラスにワインを注ぐと、彼女は「ちょっと待って」と言って、ワインの注ぎ方やワイングラスの持ち方の講釈を始める。そして、僕がひと口食べるたびに両手でナプキンを差し出して「美味しいでしょ?」と言う。カメラマンの気持ちが分かるような気がした。やめてほしかったけれど、そう言うと不機嫌になることが分っているから、僕は黙ったままでテレビを観る。テレビ画面を眺めている間も、はるかは黙ってはいない。あなたは姿勢が悪いとか、煙草をやめて腹式呼吸を心掛けなければいまに肺気腫になるとか、あれこれとうるさい。まあ、いつものことではあるけれど。

「デザートは?」

「要らない」

「よかった。実はデザートを買うのを忘れていたの。私としたことが、どうしちゃったんだろう。これもレンドルミンのせいだわ」

テレビには新宿駅で足止めを食らっている人たちが映っていた。雨と強風の影響で、電車の運転を見合わせているらしく、タクシー乗り場の前は長蛇の列だ。この分ではタクシーなんか捕まえられそうにない。今晩はここに泊まろうかな? 一瞬だけ、そんな思いが頭をよぎった。

ワイングラスを揺らしながら、はるかはまだ何か喋っている。雨は小止みになったものの、風はますます強くなってきた。隙間風が入ってきているのか、天井からぶら下がっているオレンジ色のランプがかすかに揺れていた。

# 17

2階にはベッドルームが2つあり、バスルームはその奥だった。真っ白なバスルームはあとから造り直したものらしく、真新しい上にびっくりするくらい広かった。洋式のトイレがあり、壁には大きな姿見がはめ込まれている。天井には小型のスピーカーが備え付けられていた。

「いい匂いがするね」と僕は言った。

「バブルバスにしておいたの。あなたの好きな紅茶のフレイバーよ。よかったら、ビールもお持ちするけれど」

「ついでに煙草と灰皿も頼む」

「もちろんよ。何か聴く？」

「何があるの？」

「彼はジャズが好きなの。マイルス・デイビスなら全部揃っているわ」

「ラジオでいい」

「分かった。用があったら、そこのブザーを押してね」

「ありがとう。至れり尽くせりだね」

「当たり前じゃない。私と一緒にいたら、家の中のことは何ひとつさせないわ」

僕はラジオを聴きながらシャワーを浴びた。風の音がやかましかったので、いったん脱衣場へ出てボリュームを上げた。浴槽の中で最初のビールを飲み干し、鼻と口だけを残して泡の中に全身を沈めた。

ラジオでは、ＮＨＫのアナウンサーがロンドン在住の日本人と電話で話をしていた。内容はイギリスの学校制度に関するあれこれだ。イギリスは世界一の学校制度を持っています、とロンドンに住む日本人は鼻にかかった声で言う。イートン校やハロー校のことを知らない人はいないでしょう。貴族の学校であり、それに相応しい伝統と校風があります。全寮制のパブリックスクールはいまもメリー・イングランドの誇りであり、今朝もある人物を紹介する新聞記事の末尾にはオックスフォードでもケンブリッジでもなく、こう書かれていました——彼はイートン校の出身である、と。……自分の国の話でもないのに、ロンドンに住む日本人の口ぶりがどこか自慢気なのがおかしかった。まあ、分からないでもないが。

学校制度の話が済むと、ホルストの『木星』がかかり、ワールドカップで来日中のサッカー選手の話題が伝えられた。マンチェスター郊外にあるデイヴィッド・ベッカムの邸宅は「ベッキンガム宮殿」と呼ばれ、警備員が5人に番犬が20匹もいるのだという。それを聞いて、何かで読んだサマーセット・モームの話を思い出した。モームは大金持ちで、そのへんのタクシーを全部借り切ってもちっとも困らないほどだったのに、大雪のニューヨークでバスが来るのを待っていた、という。この話は、モームの小説よりも面白い。

手探りでライターを探し当てて煙草に火をつけ、天井に向かって細長い煙を何度も吐き出した。ブザーを鳴らして2本目のビールを頼み、もう一度、湯船に全身を沈めた。代官山の家で何もかもが思いのまま——実にいい気分だ。はるかは缶ビールだけでなく、「チェイサー代わりに」と、小さなグラスに入れたアクアビットを持ってきた。ビールとアクアビットを交互に飲みながら初めて彼女に会った夜のことを思い出し、結婚してもよかった女たちのことを考えた。そして、その一人ひとりをはるかと比較した。彼女のような女にはもう二度と会えないかもしれない。アクアビットを飲みながら、そんなことを思った。

番組が終わる頃、はるかが洗い場に入ってきた。彼女は姿見に裸体を映し、肩や首を回した。それから便座に腰かけ、小用を足した。音楽にかき消されて音は聞こえなかったけれど、目の前でそんなことをしたのは初めてだったから、ちょっと驚いた。はるかは脱衣場に戻り、ラジオをとめた。再びバスルームに入ってきた時、彼女は温度計のようなものを覗き込んでいた。

飲みすぎたせいだろうか。大して熱い湯でもないのに少しのぼせてきた。浴槽の縁に腰かけて煙草を吸い、はるかが身体を洗うのをぼんやりと眺めた。彼女はタイルの上に跪き、スポンジを使って胸や脚を洗った。どうしてなのか、この広い風呂場には椅子がないのだった。

「こっちへ来て。背中を洗ってあげる」と彼女は言った。

「もう洗ったからいい」

「そう言わないで。私、あなたの背中が好きなのよ」

「背中が?」

「そうよ。私はもうあなたの身体を隅から隅まで知っている。爪の形や左の奥歯のブリッジや腋の下にあるホクロまで全部知っている。どれも気に入っているけれど、一番好きなのは背中よ」

「それはまたどうして?」

「教えてあげるから、背中を洗わせて」

「その前に音楽をかけてくれないか」

「フォーレにしましょうか。それともパーセルがいい?」

「比類なきモーツァルトの、比類なき交響曲第40番を頼む」

「あなたにとって死とは何か? そう訊ねられてアルバート・アインシュタインは答えた、モーツァルトが聴けなくなること――素晴らしい答えだと思わない? アインシュタインは素晴らしいわ。相対性理論なんかどうでもいい、このひと言で彼は永遠よ」

「ぶつぶつ言っていないで早くかけてくれ」

「了解。比類なきモルト・アレグロの第1楽章をリフレインで聴きましょう。これに関してはシューリヒトが最高なんだけれど、チェリビダッケで我慢してね。これもいいわよ。もう少しテンポが速いのがよければ、フランス・ブリュッヘンと18世紀オーケストラのものもあるわ」

「本当によく喋る女だな」

「ごめんなさい。何だか嬉しくて。馬鹿みたいよね、私って。でもあなたと一緒にモーツァルトが聴けるなんて、嬉しくて、楽しくて仕方がないのよ」

「俺もそうだよ」

「嘘ばっかり」

5分ほどでモーツァルトがかかった。

風呂場に戻ってきたはるかはヘアバンドで髪を束ねていた。それだけで、まるで別人のように見える。僕が新しい煙草に火をつけると、彼女はCDのボリュームを上げ、浴槽の窓を開けた。風と雨の音、それにモーツァルトを聴きながら、もう一度浴槽の中に身を沈めた。すぐにはるかも入ってきた。お湯が溢れて煙草が消え、指先にフィルターだけが残った。彼女は後ろ向きで僕の上にまたがり、僕の胸に背中を圧しつけてくる。愛撫を欲しがっているのだ。僕は両手を回して、馴染みになりかけている感触を味わう。はるかはほっそりとしていて、ふっくらとしている。ごつごつしたところはどこにもない。丸ごと女なのだ。グラスを取ろうとして身を起こすと、はるかは反転して僕の首に両腕を回し、今度は胸を圧しつけるようにする。もう煙草もビールもほしくない。誰にも知られず、このままずっと彼女と一緒にいることはできないだろうか？　そんなことを考えていたら、はるかがじっとこちらを見つめているのに気がついた。

「どうした？」

「どうもしない。見ているだけよ」

「そろそろ、洗ってもらおうかな」

「じゃあ、こっちへいらして」

はるかは時間をかけて僕の背中を洗った。木の実の香りがするボディソープを洗い流し、乾いたタオルで背中を拭いた時、2度目の第1楽章が流れた。何の木の実だろうか、すごく甘い匂いがする。はるかは僕の腰に両手を回し、背中に耳をこすりつけた。

「どうしたの？」と僕は訊ねた。

「私はこうして、あなたの鼓動を聞くのが好きなの。こんなふうにしていると、世の中のあらゆることが瑣末に感じられて、どんなことだって出来そうな気がしたのよ」

「はるかなら、どんなことだって出来るよ」

「本気で言っているの？」

「本当だよ」

「ありがとう。嬉しいわ。今日あげた本、大事にしてね。私だと思って慈しんでね」

「あの本は一生大事にする」

「あなたと一緒に暮らしたかったわ、一日だけでも。愛していたのよ。愛しすぎて、毎日苦しくて、どうしようもなくて、あなたのことばかり考えて、でも、私はそれが何よりも嬉しかった」

「俺もだよ」

「嘘ばっかり」

しばらくすると、洟をすする音が聞こえてきた。それから短い吐息も。僕の背中に耳をこすりつけながら、はるかは泣いた。火照った頰が熱かった。そうしているうちにまた雨音が激しくなった。風も相変わらず強い。

「あなたって本当に気難しい人ね」

「そうかな」

「あなたといると、とても疲れる。普通の女じゃ、あなたの相手をするのは無理よ」

黙ったままでいたけれど、そうかもしれないという気がした。

「ありったけの愛情と勇気と知性でぶつかっていかなければ、あなたを満足させることなんてできない。そんなことができるのは、この世で私だけよ。日本中探し回ったって、私の他には一人もいないわ。あなたはその私を捨てるつもりなの？」

「ちょっと待ってくれ。いつそんなことを言った？　お互い、少し考えようと言っただけだよ」

「じゃあ考えて」

「そうする」

「でも、考えるのは少しだけにしてね。あなたが大好きなのよ」

はるかはまた僕の背中を頰で撫で回した。短く剃られた眉毛でこすられて、腋の下がちょっぴりくすぐったかった。言われるままにタイル貼りの床に腹ばいになると、温かい湯がかけられた。彼女は僕の心臓の裏に頰をこすりつけた。頰の次はたっぷりとした胸で、それが済むと泡のついた陰毛で。そんなふうにして背中から腰、尻、両脚の裏側、足の裏までを泡だらけにした後、いきなり冷たいシャワーがかけられた。僕はびっくりして飛び起きた。

「冷たいよ」

「仰向けになって」

「いいよ」

「さあ、早く。言うことをきかないと、今度は75度に上げるわよ」

僕たちはシャワーを浴び、高い位置にある窓から外を見た。家々の灯りが雨に煙って白っぽく見えた。大きな家や小さな家が隙間なく建ち並び、あらゆる窓が白く光って見える。この白っぽい窮屈さ、これこそが東京なのだという気がした。

「煙草でも吸おうか」

「気がつかなかったの? 私、煙草はやめたのよ。身体に悪いことはやめることにしたの。怒るのもよくないから、ゆったりと構えて暮らすことにしたのよ」

そう言うと、はるかはしばらく黙った。怒るのをやめたと言いながら、少し怒っているように見える。何で怒っているのかは見当もつかない。

「私は先にあがる。他に必要なものは？」

「ない。ありがとう」

「どういたしまして」

最後にもう1本煙草を吸い、冷たいシャワーを浴びてからバスルームを出た。はるかはきちんと身体を拭かずに出ていったらしく、脱衣場のドアは開け放たれ、廊下には水滴が点々としていた。


リヴィングにはテレビがつけっ放しになっていた。ちょうど1時になり、NHKのニュースが始まった。その夜、何本目かになるビールを飲みながらメールのチェックをしていると、携帯が鳴り、留守電に吹き込む小暮さんの声が聞こえた。

——いま葉子から電話がきた。俺の部屋で寝ていると答えておいたが、全然信じていない。明日、昼前にうちへ寄って、ここから葉子に電話しろ。俺が横にいて口添えしてやるから必ず来い。いいな。女房子供を放ったらかしにして、あんな高飛車な子持ち女に入れ揚げて、お前は本当にみっともないやつだ。

「小暮さん」と僕は言った。「一体、いつ俺が女に入れ揚げましたか」

「何だ、聞いていたのか。さっさと出ろ。男らしくないやつだな」

「男らしくない？　へえ、女のうちにも入らないような女にまで手を出して、みっともないのはどっちかっていうんですよ」

「女のうちにも入らない女って、誰のことだ？」

「大体、女を見る目がないから3度も離婚したんじゃないですか」

「ああ、そうか。そこまで言った以上、今度の土曜日は性根を据えて来いよ」

「土曜日？　ああ、衝撃の告白やら戦慄の手記やら、そんなのを満載している高邁な雑誌のことですか。高級雑誌だなんて臍が茶を沸かす。俺に言わせれば、あいつらは単に字を書いているだけだ」

「お前の料簡はよく分かった」

電話はそこで切れた。頭に来て携帯を放り投げると、壁に当たって鈍い音がした。買い替えて間もないのに壊れたのかもしれない。拾いに行くのも面倒なので放っておくと、しばらくして着信ランプが光り、メッセージが吹き込まれた。

――あなたに見せたいものがある。いったん玄関を出て裏手に回ると物置小屋があるから、そこへ来て。それと、出来たら私にもビールを持ってきて頂戴。

# 18

物置小屋は玄関を出て家を半周くらいしたところにあった。古ぼけた造りで、窓ガラスにヒビが入っていた。小屋の入口に白熱灯があり、長い庇の下に置かれた木製のテーブルとベンチを照らし出している。はるかはそのベンチに腰かけて脚を組み、髪をブラッシングしていた。ジーンズをはいている彼女を見たのは初めてだった。

「ビールを持ってきたよ」

「ありがとう。座って一緒に飲みましょう。やっぱり、お酒も煙草もやめることはできそうにないわ」

「これはバーベキュー用のテーブル?」

「さあ、何かしらね。何にしてもひどいテーブルだわ。私が住んでいた頃には、少なくともこんな趣味の悪いテーブルはなかった」

僕たちは煙草を吸い、二人で1本の缶ビールを飲んだ。ブラッシングを済ませると、はるかは懐中電灯を点け、「こっちよ」と言った。「急だから足元に気をつけて。妊娠中に転んで、危うく流産しかけたことがあるのよ」

彼女の後ろについて、小屋の脇の細い階段を降りた。階段の途中で隣家の人と目が合った。この家はかなりの傾斜地に立っているのだった。階段を降り切ったところに、真っ黒に塗られたドアがあった。はるかは懐中電灯でドアノブを照らし、小さな鍵を差し込んだ。いまから思えば、多分、それが「1」の鍵だ。

「これは何の部屋？」

「彼の仕事場よ。お手伝いさんの休憩所になっていたのを改装したのよ」

「お手伝いさんがいたの？」

「よく知らないけれど、そうらしいわ。もう20年も前の話よ」

部屋は6畳間ほどの広さで、ガレージに隣接していた。僕もいつかこんな家に住んでみたいと思った。この家にではなく、ガレージのあるこんな家に。この不幸な家はごめんだった。

「座って。空気が悪いから、少しの間、ドアを開けておきましょう」

はるかは床に転がっていたパイプ椅子を広げ、エアコンのスイッチを入れた。灰皿がなかったのでビールを飲み干し、空になった缶に吸いさしの煙草を放り込んだ。空き缶を灰皿代わりに使うなんて、まるで学生時代に戻ったみたいだ。湿った空気が滞留しているせいか、蒸し暑い上に妙な匂いがした。とはいえ、暗室に特有のあの酢酸の匂いではない。

部屋は埃っぽい上に散らかっていた。ライトテーブルの下に封を切られていない印画紙の束が積み上げられ、床には三脚やフィルムの破片が散乱していた。簡易ベッドがあり、高価そうな桐製のネガ庫があり、何枚もの写真がピンで壁にとめられていた。絵画や仏像の写真ばかりで人間はほとんど写っていない。透明のケースの中に、8×10のブローニー版のフィルムが詰まっているのを見て、その方面を専門にしているカメラマンなのだろうと見当がついた。

「その暗幕の向こうが暗室？」

「そう、この家の中で私が一番好きだった場所よ。自分でも説明がつかないのだけれど、私、なぜか暗室が好きなのよ」

「へえ、そうだったんだ」

「あなたは意味もなく好きなものってない？」

「工場が好きだよ。大きな工場が。それに倉庫も」

「倉庫って素敵よね。でも、やっぱり私は暗室が好きだわ。新聞社に入って研修を受けた時、一番印象に残ったのが写真部の中にある暗室だった。結婚を決めた時も、暗室のある家に住めるのが意味もなく嬉しかった。でも、この部屋に入ったのは数えるほどしかないのよ」

「どうして?」

「勝手に入っちゃいけないって彼が言うの。トイレはノックしなくてもいいけれど、暗室のドアだけはノックしろって。神聖な場所だからとか言いながら、ここでセックスしようとしたのよ。おかしいでしょ」

黙ったままでいると、はるかはキーホルダーをちゃらちゃらさせ、「ねえ、おかしな男だと思わない?」と言った。

「おかしいって何が?」

「あなた、どうして私が離婚したか知りたがっていたわね」

「彼に浮気でもされたの?」

「まさか。彼は私に夢中だったのよ。離婚を切り出したら、仕事にも行かずに子供みたいに泣いていたわ。どうしても別れないって言い張るから、仕方なく家裁に調停をお願いしたのよ」

「どうして離婚しようと思ったの?」

「彼がこんな鍵を作るからよ」

「どういうこと？」

「教えてあげるから、こっちへ来て」

はるかは暗幕を開き、「2」の鍵を使って暗室のドアを開けた。中は真っ暗だった。手探りで壁のスイッチを押すと、赤いセーフライトがうっすらと灯った。現像液と停止液、それに定着液を入れるステンレス製の容器が3つ並び、その横に不思議な形をした古い器具が置かれている。年代物のライカの引き伸ばし器だ。いかにもドイツ人が作りそうな無骨な代物で、どことなくかき氷を作る器具を思わせる。ステンレス製の容器の下には、取っ手のついた引き出しがあった。はるかはしゃがみ込んで、取っ手の部分にある鍵受けに小さな鍵を差し込んだ。引き出しに入っていたのは大ぶりのアタッシェケースだった。それには4桁のダイヤル式の鍵がついていた。ダイヤルを回しながら、彼女は笑い声を上げた。

「どうしたの？」と僕は訊ねた。

「彼の誕生日を忘れた。12月21日だと思っていたけれど、違っていたみたい」

末尾のダイヤルを回すと、カチッという音がしてケースの口が開いた。カメラマンは12月23日の生まれらしい。

「そうそう、彼、山羊座だったんだ」と彼女は言った。「山羊座の守護星は土星、サターンよ。この星は山羊座の人間に悪魔とも交わる社交術を教えましたって、何かの本に書いてあったけれど本当だわ」

「天秤座の守護星は？」

「金星よ。何だと思ったの？　私たちの星なんだもの、愛と美の女神ヴィーナスに決まっているじゃない」

ケースには細長い紙袋がぎっしりと詰まっていた。はるかはセーフライトのルクスを上げ、ケースから無造作にいくつかの紙袋を取り出した。紙袋には、マジックペンで「代官山」「名古屋」「成田」「番町」「西新宿」といった地名と日付が書かれていた。

「どうぞ、ご覧になって」と彼女は言った。

「勝手に見て構わないの？」

「いいのよ、勝手に撮ったものだから」

「暗いから、向こうで見ようかな」

「明るいところで見るような写真じゃないわ」

僕は手近にあった紙袋から写真の束を取り出した。紙袋には「94・11　赤坂」と書かれている。これがカメラマンの文字だとすれば、彼はなかなかの達筆だと言える。

僕は暗室の床にあぐらをかき、はるかはすぐ横に跪いた。最初に目にしたのは、裸でベッドの上に仰向けになっている老人の写真だ。年は70代の半ばくらいだろうか。髪の毛と顎髭、その上、陰毛までがほとんど白くなっていて、黒く萎びた陰茎がまるで斑点のように見える。染みだらけの顔をした彼は、やはり染みの浮き出た手に葉巻を握りしめている。次の写真も、その次の写真も、すべて固定された同じアングルから撮られていた。はるかの前夫はホモセクシャルだったのだろうか？　最初に思ったのはそのことだ。でも、5枚目の写真から女が登場する。20代前半の肉づきのいい女で、ブラジャーのようなものを手にし、陰毛が透けて見える下着を身につけている。小暮さんが好きなタイプだ。でも、小暮さんは肉づきのいい身体が好きなだけで、女そのものを好きになったりはしない。本人によれば、自分はただ女を敬っているだけなのだ、ということになる。「若い女は身体さえあれば男に尊敬される」と小暮さんは言う。「あいつらは身体だけで威張っている。だから、せいぜい尊敬してやればいいんだよ」と。

写真を見ているうち、喉が渇いてきた。写真の中の女はこちらに尻を向けて老人の上にまたがっている。よく見ると、右手で萎えた陰茎を握りしめているのが分かる。セミダブルのベッドで抱き合ってはいるけれど、セックスはしていない。多分、できないのだと思う。

「彼は私によく言っていた、いい写真を撮るにはいいクライアントが必要だって。いいクライアントを捕まえるためには、都市の一等地に事務所を構える必要があるんだって。だからお金には細かかった。そのクライアントがこの女っていうわけ。彼はこの女の依頼で写真を撮って、この女の出資で節税のための会社を作って、私の母までそのいかがわしい会社の社員にしたのよ」

「これは誰なの？」

「そのおじいちゃんのことは知らないけれど、女は歩いて5分のところに住んでいた。名古屋の資産家の娘で、家賃が200万円もする家に住んでいたわ」

「この女が彼のスポンサーだったわけか」

「少なくとも、青山の事務所の家賃を払っていた」

「金持ちなんだ」

「相当なものらしいわ。これを見て」

　はるかは「92・1　箱根」と書かれた紙袋を僕に渡した。写っていたのは60代半ばの男で、ランニングシャツ1枚で横になっている。下半身は裸で、だらりとした陰茎が敷布団の上に垂れ下がっていた。男が一人で写っているのは1枚だけで、あとの写真はどれも「赤坂」に出てきた女と一緒だ。この男の顔には見憶えがあった。彼は布団の上に腹ばいになったり、女の膝枕で寝たりしていた。今度ははっきりとセックスをしていることが分かる写真が何枚かあった。

「この男、誰だったっけ?」と僕は訊ねた。

「名前を聞いたけれど、もう忘れてしまったわ。その頃、経団連だか何だかの役職についていた人よ」

「財界人ってわけか」

「そう、財界人。考えてみると、おかしな人種よね。ねえ、この男のことは知っているでしょう?」

はるかが床に置いたのは政治家の写真だった。生前の田中角栄にずいぶん可愛がられたという男だ。彼はホテルの庭園でウーロン茶のようなものを飲んでいる。女の方はワイン。テーブルの近くにもう一人、男がいた。髪の毛を短く刈り込み、がっちりとした身体つきをしている。やくざまがいの目つきから察するに、警視庁から派遣されたSPか何かだろう。

この男の写真は4枚しかなかった。でも、4枚もあれば十分だ。60過ぎの政治家は、カーテンを降ろしたホテルの一室で裸でカメラの前に立っていた。古臭い造りで、すぐにホテル　オークラだと分かった。男の方はもっと古く、干上がったような、老人特有のたるんだ腹が気味悪かった。その腹の下で、陰茎だけは見事に勃起していた。

「どう？」とはるかが訊ねた。

「拍手したくなったよ」

彼女は指先で僕の頭をつつき、両手で床を叩いた。笑っているのだった。

「俺の答えが気に入ってくれた？」

「気に入った。お願い、もっと見て、もっとたくさんコメントして」

「分かった。でも、喉が渇いたからビールを持ってきてくれないか」

「もちろんよ。こうなったら朝まで飲みましょう」

「そうしようか」

「そうしましょうよ。私たち、やっぱり気が合うわね」

はるかがビールを取りに行っている間、他に何枚かの写真を見た。外国人が多かった。アラブの石油商のような男もいれば、ホワイトソックスのキャップを被った大男もいる。男たちは大きかったり小さかったり、黒かったり白かったりした。有名人といえる男も何人かいた。広告代理店の社長や、何年か前までテレビに出ていたタレントなどだ。厳密に言えば、その男が広告代理店の社長なのかどうかは分からない。その紙袋にだけ、なぜか名前と役職が書かれていたのだ。どこの誰であろうと僕には何の関係もなかったけれど、その男の顔はいまも目に焼きついている。彼が正面からカメラの方を見据えていたせいかもしれない。はっきりとカメラを意識しているのはこの男だけだった。

はるかがビールを持ってきたのは20分もしてからだった。少し離れたコンビニまでわざわざ買いに行ってきたのだという。白ワインに、『マッカラン』まである。それも25年物だ。コンビニで売っているはずはないのだけれど、別のことに気を取られていたせいか、この時は特に気にならなかった。

はるかは携帯でバッハを鳴らし、とめどもなく喋り続けた。そして、本当によく笑った。ある意味では普段通りだとも言えた。でも、どこかが違っているような気がした。彼女はクラシックを何曲もダウンロードし、曲の説明をして意味もなく笑った。別におかしくもなかったけれど、僕もその都度、調子を合わせて笑った。

「駒場にね」はるかは携帯を握り締めながら言う。「パイプオルガンのある講堂があって、時々、演奏会が開かれるのよ」

「へえ、羨ましいな。やっぱり日本一の大学だ」

「そんなことないわ。大したことのない学部も多いのよ。ただし、私は日本一の学部の出だけれどもね」

そう言ってはるかは笑い、僕も一緒になって笑う。やがて彼女は腕時計を見る。何時くらいかと僕は訊ね、彼女は「まだ4時前よ」と答える。まだそんな時間か、と言って僕は笑い、笑った分だけ気が遠くなる。そして、見ず知らずの人間の性行為について簡単なコメントをする。僕が何を喋っても、はるかは笑う。

笑っている間にも心配のタネは尽きることがない。次に会う時は小暮さんに殴られるかもしれない。向こうは空手の有段者だ。黙って殴られるべきだろうか。それとも編集者に頼んで自宅で仕事をさせてもらおうか。はるかの話に相槌を打ちながら、そんなことを考えている自分に気づく。何にせよ、あの仕事がなければ家長としての体面が保てない。そんなものはとっくに失っているのかもしれないけれど、子供たちにそれを気づかせてはいけない。寝不足のせいか、いや、多分、それも含めた1ダースくらいの理由のせいで、こめかみのあたりがひどく痛かった。

「あーあ、日本一の検察官になるつもりだったのに、どこでどう間違って、あなたとこんなふうにしているのかしら」

「悪かったな」

「冗談で言ったのよ。本気にしないで」

「本気だよ。本当に色々なことを教わった」

「そうそう、いま思い出した、パイプオルガンがあるのは900番講堂よ。来月、一緒に聴きに行きましょう。バッハの演奏会があるのよ」

「いや、もうだめだ」

「吉祥寺の教会から寄贈されたものでね、小さなオルガンだけれど、それなりの音を出すのよ」

「もう片づけよう」

「いいじゃない、まだ4時を過ぎたばかりよ」

「さっきから携帯が光っているよ」

はるかは携帯を覗き込み、すぐに蓋を閉じた。

「部屋に戻ってバッハを聴きましょうよ。一日の終わりはバッハでなくちゃ」

「もう動きたくない」

はるかはそれからも喋り、笑い続ける。疲れてきたので、僕は彼女の膝に頭を乗せる。はるかの膝は柔らかい。それに、あったかくて、とてもいい匂いがする。いわば血の通ったクッションだ。頭を乗せるのに、これほどいい場所は他にない。何度か眠りかけ、そのたびに軽く頬を叩かれた。喉が渇いた。そう言うと、彼女は口移しでビールを僕に飲ませる。4時47分――僕たちはそんなふうにしてビールを飲み、日本代表チームの話をしている。フォワードの決定力のなさやスリーバックシステムの弱点、予選の組み合わせに恵まれたことなど、生半可な知識を総動員して色々なことをコメントし合う。そのうち、はるかは急に黙り込む。何か同意しかねることがあると、彼女はよくそんなふうに黙り込むのだった。

「どうしたの?」と僕は訊ねた。

「日本が勝ち進んで、みんな喜んでいるけれど、私は何だか釈然としないのよ」

「それはまたどうして?」

「だって、初めから日本に勝たせるように仕組まれていたんですもの」

「どういうこと?」

「法務省の人のことは前に話したわよね」

「一緒にバリ島へ行った人のこと?」

「そう。春先に、その人から会食に招かれたの。日記を見れば正確な日付が分かるけれど、あなたに会う少し前だから、3月の中旬だったと思う」

「それは何の会食?」

「何ということもない、ただのお友だちの集まりよ。その会食にサッカー協会の人が来ていたのよ」

会食があったのは銀座のフランス料理店で、テーブルは日本サッカー協会の人物の名前で予約されていたという。

「法務省の人の他には？」

「サッカー雑誌の編集長と、外務省の人がいたわ。もちろん、サッカー協会の人も。その人、オペラが好きなのよ」

「それがどうかしたの？」

「別にどうもしないわ。ワインを飲みながら、その人とバスティーユのオペラ座や『ドン・ジョバンニ』の話なんかで盛り上がったというだけのことよ」

「それで？」

「オペラの話が済むと、他に話すこともなかったから、日本は予選の組み合わせに恵まれましたね、って声をかけたの。最初のうちは、おかげさまで、なんて答えていたけれど、デザートが出た時、その人、最初から楽なグループに入ることは分かっていたと言ったのよ」

「どういうことかな」

「その人、ある配慮があったという言い方をしていたわ」

「配慮？」

「ええ、そう言ったの」

はるかは前年の12月に韓国の釜山で行われた抽選会の説明をした。予選1次リーグの組み合わせ抽選は、強豪国が同じグループに集中しないようにヨーロッパと南米の強豪チームを振り分けた上で行われた。大会を盛り上げるためには、まあ、必要なことだ。でも、その先には関係者しか知らない開催国への配慮があった――デザートのシャーベットを舐めながら、サッカー協会の人間はそう言ったのだという。

「予選リーグの組み合わせは、赤や黄色のボールを引いて決めたのよ」

「そのボールに仕掛けがしてあったというわけ？」

「そうなの。カラーボールにどんな仕掛けがしてあったのか、当ててごらんなさい」

はるかは膝の上にある僕の顔を覗き込むようにして話す。アッシュグリーンという、綺麗なカラーに染めた髪が頬をくすぐり、えもいわれぬ紅茶の匂いがする。早く答えて。さあ、早く。はるかは上機嫌で僕を急かす。機嫌のいい時の彼女は他の誰よりも優しい。

「ボールが光ったとか？」

「テレビカメラが入っているのよ。光ったりしたら、すぐにばれちゃうじゃない」

「それはそうだ」

色が違う。硬い。軟らかい。ざらつく。粘つく。サイズが微妙に違う……思いつくままに1ダースくらい言ってみたけれど、どれも外れだった。

「もったいをつけないで早く教えてくれよ」

「嫌よ。私に背中を向けて眠ろうとする人に簡単には教えたくないわ」

「じゃあ、これでどう？」僕は膝の上から真っ直ぐに彼女の目を見上げた。

「あれ、おかしいな」と彼女は言う。「私の目を見たら何か言いたくなるはずよ」

「綺麗だ」

「嘘だ。目が笑っている」

「鼻の形がすごくいい」

「あなた、そんなことしか言えないの？　見た目だけじゃなしに、もっと何か言いたくなるはずよ」

「片山はるかは素晴らしい」

「そんなことじゃなくて、もっとストレートに言いたくなることがあるでしょう。心の底から湧き上がってくるものがあるはずよ」

「あるけれど、教えてくれない女には言いたくない。第一、もう朝だ。恥ずかしくて言えないよ」

「じゃあ、次に会った時に聞かせて頂戴」

「分かった」

「きっとよ」

「教えてくれたらね。ボールにはどんな仕掛けがしてあったの？」

「その人、あったかいボールのおかげだと言ったのよ」

「あったかいボール？」

「ええ、そう言ったの。見た目にはどれも同じ形をしたボールだけれど、その中に1個だけ、あったかいボールがあって、それが幸運のボールだと耳打ちされていたそうなの。面白いでしょ？　こんな話が聞けるのもモーツァルトのおかげよ」

はるかはダウンロードしたばかりの『魔笛』の序曲を鳴らし、僕の頭の上でタクト代わりに携帯を振り回した。7色に光る携帯が動き回るのを見ながら、僕は釜山の会場の様子を想像した。

「面白いけれど、本当なのかな」

「わざわざ、そんな作り話をするわけがないでしょ。ワールドカップの歴史で、これまで開催国が予選落ちしたことは一度もないんですって。そんな話もしていた」

予選H組に入った日本の対戦相手はベルギー、ロシア、チュニジア——他のグループに比べたら格段に楽な相手だ。D組の韓国はポーランド、アメリカ、ポルトガル。これだって楽といえば楽だ。

「でも、どうやってそのボールだけをあったかくするの？」

「それに関する説明もあったけれど、どうせそんなことだろうと思っていたから私は聞き流していた。確かに瞬間的にボールをあったかくするというのはちょっとした盲点よね。興味があるのなら、一緒に聞いていた法務省の彼にメールを出して訊いておく」

その時、はるかの携帯が光った。彼女は液晶を覗き込み、保留のボタンを押した。僕は起き上がって煙草を吸い、ビールを飲んだ。眠気は去っていたものの、睡眠不足のせいで眼の周りが痛かった。

「その話を聞いてどう思った？」と僕は訊ねた。

「そうね、こう思ったわ。世の中には、あったかいボールを引けと言ってもらえる人と、何も言われずに放っておかれる人がいるんだなって」

「はるかは教えてもらえる方だろう？」

「そうよ。訊いてもいないのに、みんな、私には何でも教えてくれる。でも、そんなのは余計なお世話だわ。あったかいボールを引けと言われても、私なら別のボールを引く。だって、その方が楽しいじゃない。違う？」

「そうかもしれない」

「そうよ、そうに決まっているじゃない」

はるかは初めてこの部屋に入った時のことを話した。結婚して半年くらいたった頃、夫に貸したはずの本が見当たらないので探しに来たのだという。その時、彼女は妊娠7ヵ月を過ぎていた。大きなお腹を抱えてデカルトの『情念論』を探し、結局、この部屋でまるで別のものを見つけてしまった彼女の怒りが目に見えるようだった。

「はるかが離婚した理由がよく分かった。代官山の一戸建てなんて何の関係もなかったんだ」

「でも、嬉しかったのよ」

「嬉しかったって何が?」

「初めてこの家に来た時はただ嬉しかった。代官山に住めるなんて夢みたいだったもの。キッチンをどうしようかとか、リヴィングのレイアウトはどうしようかとか、想像するだけで楽しかった。でも、写真を見つけて、そんな思いは全部消し飛んでしまった。家も車も、何もかもがどうでもよくなってしまったのよ」

5時34分——僕たちは残り少なくなったビールを紙コップに分け合い、日本代表チームのために乾杯をした。その直後に、またはるかの携帯が光った。彼女は液晶を覗き込み、溜め息をついた。

「しつこいわね。もう永遠に着信拒否だわ」

「誰から？」

「あなたの知らない人。知らなくてもいい人よ。ああ、またバッハが聴きたくなった」

彼女は携帯で『小フーガ』を鳴らし、『マッカラン』の封を切った。どうせならセックスでもすればよかったと後悔しつつ、僕も一緒になってメロディーを口ずさみ、紙コップに注がれた『マッカラン』を飲む。今度は僕の携帯が振動し、ベートーヴェンの『第９』が流れ出す。小暮さんからだが、放っておいた。少しも眠くはなかったけれど、もう彼の意見には耳を貸したくないと思う。いや、他の誰の意見にも。

＊

写真を片づけ、カメラマンの部屋を出たのは７時過ぎだ。夜通し起きていると、前の晩、どんなに眠っていても、経験的にいって７時を過ぎると眠くなる。ところが、８時を過ぎても少しも眠くならない。

タクシーが第三京浜に入ると、首からぶら下げていた携帯が光った。

〈あなたにぴったりの歌曲を見つけたわ。

愛しき素晴らしい人、目を開けて。
私がそばにいるのに
どうして眠れるの？
一晩中あなたと一緒にいたら、
きっと私は眠りはしない。
（ちょっとした違和感があって中略）
もう一人寝はやめて
私と一緒でなければいけない。
そうすれば両の腕にしっかりと抱きしめ、温めてあげる。
（テンペスト第4幕）

18日はうちに来て、一緒にトルコ戦を観てね。ちゃんと約束したのだから。
haruka〉

朝の8時過ぎだというのに、ご丁寧にも「腕」に「かいな」とルビまで振っている。どこまでも啓蒙的な女だ。18日の午後、はるかの部屋へ行く——そんな約束をした憶えはなかったけれど、早く帰りたいばかりに約束したのかもしれない。それよりも、彼女が感じた違和感が何であるのかが気になった。インターネットで『テンペスト』を検索してみたものの、よく分からない。

一睡もしないまま、いまこの時、シェイクスピアのことを考えているのは日本でもこの女だけだろう。そんなことを思いながら、僕は携帯で18日のスケジュールを確認する。そして〈OK〉と返信して、また別の心配をする。ハムレットの心境だ。いや、デスデモーナに嫉妬するオセロかもしれないし、単に気のふれたロミオなのかもしれない。いずれにせよ、この女をモンタギュー家へ招き入れるわけにはいかない。

カーラジオは、どの局も朝からワールドカップの話題ばかりだ。運転手はあくびを噛み殺し、僕に断わって煙草を吸い始めた。煙草を切らしていたので僕も1本もらい、運転手を相手に日本代表チームの話をした。8時23分、第三京浜は事故渋滞でまったく動く気配がない。

# 19

等々力駅に着いたのは午後の3時前だった。小さな駅で改札は1つしかない。

はるかは買い物籠を抱え、改札を出たところで待っていた。グレーの制服を着た娘も一緒だった。来春、小学校に上がる娘は、はるかに似てとてもしっかりした子に見える。身をかがめて名前を訊ねると、彼女はやや緊張した様子で「しずか」と答え、母親の陰に隠れるようにした。このへんは父親に似たのかもしれない。

はるかは黒いワンピースを着ていた。ウエスティンホテルに泊まった夜に着ていた服で、僕はそれが気に入っていた。美容院へ行ってきたらしい。髪も黒くなっていたし、胸元にはティファニーのダイヤモンド・ドッツが光っている。まずは文句なしだ。

「スーツを着てらしたのね」とはるかは言った。

「ええ、久しぶりに」

「フェラガモのネクタイ、とてもお似合いよ。どなたのお見立てかしら。ライオンさんが可愛らしいわ」

「誰だったかな。片山さんも黒がよくお似合いですよ」

「ありがとう。来て戴いて本当に嬉しいわ」

「こちらこそ、お招き戴いて光栄です」

娘は両手で母親の腕を握り締め、頭上で交わされる会話に戸惑っている。無理もない、僕たちも少し戸惑っているのだから。僕たちはほんの2週間前に知り合ったばかりで、会うのは今日で3回目ということになっていた。

はるかの部屋は駅から5分ほど歩いたところにある。商店での買い物に付き合い、三人で彼女の部屋まで歩いた。歩きながらしりとりをした。それが済むと、はるかは娘に等々力渓谷の説明をさせた。

「橋の下を通って行く道があって、車の音も聞こえないくらい静かなところです。夏には蛍祭りがあります。近くには古墳もあって、お休みの日にはハイキングに来る人がたくさんいます」

娘は上り坂の途中で立ち止まり、「です」と「ます」の部分に力を込めて話す。僕は一つひとつの言葉に頷きながらそれに聞き入る。彼女はこの秋、国立大学の附属小学校を受験するのだ。

「しずかさん、よく出来ました」とはるか。「さあ、次は幼稚園のことを教えて差し上げて。おともだちのこともよ」

娘は無表情で頷き、幼稚園の話をする。ナザレ組の担任は大宮友子先生で、友子先生はピアノやオルガンを弾くのがとても上手です。幼稚園のすぐ隣には小さな教会があって、朝礼の時にはいつも――そこまで話したところで、娘は急に口をつぐむ。

「朝礼の時、先生はいつもどうするの?」

はるかが身をかがめて顔を覗き込んでも、娘はなかなか答えない。僕はじりじりしながら娘の答えを待つ。トルコ戦のキックオフまで15分を切っていた。

「いつもオルガンを弾いてくれます」

「そうでしょ。友子先生は毎朝オルガンで何を弾いてくれるのかしら?」

「賛美歌です」

「そうよね。幼稚園のおともだちのお話はどうしたの?」

娘はまた黙り込み、母親から目を逸らそうとした。はるかが声をかけても、もう答えようとしない。何度目かに同じ質問を受けた時、直立したまま、娘はぽろぽろと涙をこぼした。

「どうしたの？　おともだちと喧嘩しちゃったの？」とはるかが訊ねた。

娘は首を振る。が、相変わらず何も答えようとしない。

「もういいから、先に帰っていなさい。おばあちゃまにお湯を沸かしておくようにと言っておいて」

はるかは小さな鞄を預かり、指先で娘の涙を拭った。娘が走り去っていくと、彼女は立ち上がり、「馬鹿な子」と呟いた。そして、周りの人が振り返るほどの声で「車に気をつけて」と叫んだ。

# 20

はるかのマンションは想像していたよりもずっと広かった。L字型をした廊下の途中にベッドルームが2つあり、突き当たりのリヴィングにはテレビを囲むようにして大きなソファーが並べられていた。

彼女の母親は、ソファーに腰かけて分厚い本を読んでいた。僕が部屋に入ると、彼女は本を閉じ、すっくと立ち上がった。まさにすっくと。60代の半ばくらいだろうか。年の割に背が高く、とても姿勢がいい。加えて言えば、ちょっといかめしい感じがする。僕は駅前で買ってきたサクランボを差し出し、恐る恐る自己紹介をした。

「あなたのことは知っています。毎日毎日、それこそ耳にタコができるくらい聞かされております」

はるかの母親は僕に名刺を差し出した。それには和琴や三味線の団体名と役職が印刷されていた。詩吟もしているらしい。僕は用心深く頷きながら彼女の説明に耳を傾ける。娘にもましてよく喋る人で、結婚するまでは国語の教師をしていたとか、いまでも週に3冊は本を読むとか、そんな話をした。僕がその手の話に感心するタイプだと思ったのかもしれない。大変な誤解だが、誤解を解くのにも時間がかかりそうだったので黙って聞いていた。もうテレビ中継が始まっている時間だったけれど、困ったことにはるかは部屋に閉じこもっている娘を呼びにいっていた。はるかの母親は委細構わず喋り続ける。サッカーが観たいとは切り出しにくい雰囲気だ。

頷きながら部屋の中を見回していると、出窓に置かれた観葉植物が目に留まった。はるかの母親は僕の視線の先を追い、今度は観葉植物の説明をする。

「サンセベリア、通称虎の尾よ。もうじき綺麗な花を咲かせるわよ。ほら、葉の縞模様が虎の尻尾に似ているでしょ。マイナスイオンを大量に発生するのよ。空気清浄効果が高いというから買ったの。うちの娘は煙草ばかり吸っているんだから。あれは猛毒よ。1本吸うたびに寿命が7分も縮むの。あの子の寿命はもう2年くらい縮んでいるはずだし、脳細胞は恐らく半分以下になっているわ」

「おかあさん、もうやめて頂戴」

リヴィングに戻ってきたはるかがテレビをつけると、ちょうど宮城スタジアムに「君が代」が流れるところだった。しずかちゃんはヴァイオリンを入れたケースを手に浮かない顔をしている。この日は火曜日で夕方にはレッスンがあるのだ。

「サッカーは嫌いだよ」はるかの母親はリモコンを使ってすぐにチャンネルを変えた。

「何するのよ、サッカーを観るために来て戴いたのに」

「あら、そうだったの？」と母親。

「ええ、まあ」と僕。

「おうちのテレビが壊れているの？」としずかちゃん。

僕ははるかが淹れたコーヒーを飲み、頷いたり、愛想笑いをしたりしながらブラウン管を見つめる。この試合の主審はギョロ目のスキンヘッド、ピエルルイージ・コリーナ——疑いもなく世界一のレフリーだ。この男が日本戦の主審を務めてくれるのも、あったかいボールのおかげかもしれない。

両チームの写真撮影が終わり、選手がフィールドに散らばり、スタジアム全体が映し出される。ものすごい歓声だ。誰一人、日本が負けるなんて思っていないのだ。地響きのような歓声を聞いているうちに、トルコになんか負けるはずがないと思えてくるから不思議だ。

コイントスが終わり、コリーナがセンターサークルに立っても母親はまだ喋り続けている。最近、速読術を身につけたらしい。その効果を試すべく、寝入る前にプルーストを読んでいるのだという。孫娘は孫娘で、しきりに僕を観察している。こういう状況には慣れていなかったから、最初のうちはなかなか画面に集中できなかった。そのせいか、序盤でトルコに先制された時も、僕はまだ少しぼうっとしていた。

どうにか試合に集中できるようになったのは、はるかがシャンパンを抜き、彼女の母親に煙草を吸うことを許された、前半の30分過ぎあたりからだ。トルコは思っていた以上に技術があり、スピードがあった。まさかと思ったくらいだ。日本よりも試合馴れしていて、無理に攻め込んでこない。でも、僕は追いつけるような気がしていたし、何の根拠もなく、最後には逆転できると信じていた。何よりも、せっかくここまできたのにトルコあたりを相手に散ってほしくなかった。

僕ははるかと横並びになって応援した。上の階の人も観ているらしく、日本のシュートが外れるたびに頭上で物音がした。恐らく日本のあちこちで、間歇的に小さな地震が起きているはずだ。前半の終了間際、日本のフリーキックがトルコのゴールポストを叩いた。僕にはそれが何かを暗示しているように思えてならなかった。はるかはもちろん、しずかちゃんも一緒になって声を出していたけれど、おばあちゃんはずっと僕に質問をし続けていた。

「もう負けたの？」ハーフタイムになると、母親が僕にそう訊ねた。

「いえ、前半が終わっただけです」

「つまり、後半があるわけね」

「もう何も知らないんだから、おかあさんは黙ってプルーストでも読んでいて頂戴」とはるか。

「何も知らないから訊いているんじゃないの」

「あと45分なんだから、その間だけでも黙っていてよ。とにかく、私が帰ってくるまで彼に質問しないで」

「ヴァイオリンの先生の家は遠いの？」僕は少し心配になって訊ねた。

「大丈夫、すぐに戻るからワインでも飲んでいて」

はるかはテーブルにボトルを置き、娘を急かして部屋を出て行った。封を切ろうとして、思い留まった。90年ものの『アニア』だった。


「散らかっていて、ごめんなさいね」

後半の開始早々、はるかの母親がそう言った。部屋の隅に積まれたダンボールのことを言っているらしい。この部屋に入った時から確かに気にはなっていた。冷蔵庫の横に大きなダンボールがいくつもあり、そのうちの1つには、はるかの字で「天地無用」と書かれている。

「この荷物をどこかへ送るのですか」僕ははるかの母親とテレビ画面を交互に見ながら訊ねる。

「もうじきここを引き払うの。だって、ここは家賃が25万円もするのよ。信じられる？　こんな狭い部屋に住むためだけに、年に300万円も払っているのよ」

僕のグラスにシャンパンを注ぎながら、母親はそう言った。義憤に堪えないといった口ぶりだ。

「どちらへ越されるのですか」

「泉岳寺です」

「品川の？」

「ええ、相手の方の家が割に大きいものですから、しばらくの間、私も住まわしてもらうことにしたんです。そのうち、一人で部屋を借りようと思っていますが、何しろ急な話だったから」

「そうだったんですか」

引越しするというのは初耳だった。僕はひと息でシャンパンを飲み干し、少し考えた。

といっても、考える材料はそれほど多くはなかった。

「相手は法務省に勤めている人ですか」

「いいえ、新聞社に勤めている人よ。法務省の人ってどなた？」

「いや、僕もよく知りません。聞き違いだったかな。新聞社の人は泉岳寺に住んでいるのですか」

「ええ、それこそ泉岳寺の近くに。そこにかなりの地所を持っているんです。娘とはひと回り以上も年が離れていますが、とてもやさしい人でね。しずかもなついているんです。あなた、飲むと割に喋るのね。もっとお飲みになれば？」

「はい、いただきます」

シャンパンがなくなったので『アニア』を開け、そのままシャンパングラスに注いで飲んだ。後半の15分が過ぎても、日本はまだ追いつけずにいる。チャンスがふいになるたびに頭上で物音がし、母親は顔をしかめる。そして、相変わらず僕に初歩的な質問をし続ける。

はるかは20分過ぎに帰ってきた。階段を駆け上がってきたらしく、少し息を弾ませている。その間にも日本は必死に攻め、何度かチャンスを掴んだものの、やはり点にはならない。カウンター狙いのトルコはほとんど攻め上がらず、後半30分過ぎにはスタジアム全体に悲壮感が漂ってきた。でも、僕はこの悲壮感が好きなのだ。

サッカーの試合では時として敗者の方が美しく見えることがある。例えば、90年イタリア大会でのアルゼンチンとユーゴスラビアの一戦。前の試合でスペインを破ったユーゴは最高のメンバーを揃えていた。エースはレッドスター・ベオグラード所属のドラガン・ストイコビッチ――ピクシーだ。この試合でマラドーナと互角以上に渡り合ったストイコビッチは、ボールを持つたびにチャンスを作った。アルゼンチンの選手は誰一人として彼をとめられなかった。でも、最後にPKを外したのもストイコビッチだった。PK戦での敗北が決した直後、一瞬だけ映し出されたストイコビッチの表情がいまも忘れられない。

あるいは、ロッシのハットトリックでジーコが息の根を止められた、82年スペイン大会のブラジル対イタリア戦。同じ大会での西ドイツとフランスの一戦もそうだ。怪我をおして途中出場したルンメニゲのゴールで、プラティニを擁したフランスは準決勝で消え去った。ビデオを観るたびに、いまでもあの時に感じた悲壮感が蘇る。それに引き換え、トルコに敗れた日本はただの敗者だった。

「残念だったわね」終了のホイッスルが鳴ると、はるかがそう呟いた。

その横で母親が手を叩いた。

「さあさあ、気を取り直して食事にしましょう。はるか、今晩は何を作るの？」

「チーズフォンデュよ」はるかはぶっきらぼうに答える。

「それは何?」と母親。

「チーズフォンデュと言ったらチーズフォンデュよ。すぐに作ってお目にかけるわ」

「素直じゃないね。それは何かって訊いているでしょ」

「じゃあ、解説するわ。フォンデュは溶けたという意味。白ワインとエメンタールチーズ、グリュイエールチーズを使って、軽くボイルしたアスパラ、ブロッコリー、ソーセージ、ポテト、フランスパンなんかをお鍋の中のチーズにからませて戴くのよ。香りつけにはキルシュ、とろみを出すのにコーンスターチ。ハイジも食べているスイスの代表的な家庭料理ってわけ。以上」

「この子は能書きばかり達者なんだから。要するに鍋料理なのね。どのお鍋を使うの?」

「もちろん、フォンデュ鍋よ。フォンデュ・フォークもあるわ。まあ、出来栄えに期待して。とろけたチーズがまるでエーデルワイスの花のように見えるから」

はるかは真っ白なエプロンをし、バレッタで髪を束ねて微笑む。右手に持っているのがフォンデュ鍋なのだろう。

「あなた、一体何種類のお鍋を買ったら気が済むの? そんな変な鍋まで買って。うちはもうお鍋だらけなのよ。第一、最近は全然仕事をしていないじゃないの」

「気が散るから、もう黙っていて頂戴」

「出てくるのは、そのおかしなお鍋だけなの？」

「お鍋のあとだから、トマトとバジルの冷製パスタがいいかなと思っているんだけれど」

台所に立ったはるかはアルコールランプに火をつけ、僕の方を見て言う。「それとも、アサリの白ワインソースにする？」

「トマトとバジルの冷製パスタでいい」と僕は答える。

「あら、あなた、『アニア』を全部飲んじゃったの？」

「いいじゃないの」と母親は言う。「ただの葡萄酒でしょう。新しいお酒をお出しして、あなたはさっさとそのお鍋を作りなさい」

はるかは新しいワインを出した。ブルゴーニュ産の『モンラッシェ』だ。僕はワインの封を切り、母親にも1杯勧めた。ワイングラスの縁を舐め、彼女はぶつぶつと娘に文句を言い続ける。どうにかそれが一段落すると、今年に入ってからの読書歴のあれこれが語られる。

四六時中、この人と顔を合わせていたら息が詰まるだろうな。そんなことを思いながら、僕はぼんやりと母親の話に耳を傾ける。この人は娘の他に話し相手がいないのだ。それに、もうじき自分の居場所さえも失ってしまうのだ。不意にそう思い当たり、途中から僕は熱心に彼女の話に相槌を打つ。そうこうしているうちに孫娘が帰ってきた。ヴァイオリンの先生に褒められたらしく、上気した顔でレッスンの話をする。

僕は煙草を吸うためにベランダへ出て、デッキチェアーに腰かけた。すぐ目の前に泰山木が見える。広い庭には他にもたくさんの木があり、花が咲いていた。リヴィングからモーツァルトの『クラリネット五重奏曲』が聴こえてきた。女たちは台所でミケランジェロの話をしている。第1楽章が終わったところで、はるかの母親がチーズを持ってベランダに出てきた。

「少しお邪魔していい?」と彼女は言った。

「もちろんです」

「私はよく知らないのだけれど、新聞社の部長さんて、偉いの?」

ワインとチーズを勧めながら、はるかの母親は僕にそんなことを訊ねた。相手の男は部長らしい。

「偉い方だと思います」と僕は答えた。他に答えようがない。

「そうなの?」

「もちろん、市長さんほど偉くはないと思いますが」

「それはそうよ」と彼女は言う。「市長は市民に選ばれるけれど、部長が市民に選ばれたという話は聞いたことがないもの」

それを聞いて僕は笑った。この部屋に来て笑ったのは初めてだ。隣に座った母親も一緒になって笑った。そんな僕たちの様子を見て、台所にいるはるかは微笑む。その笑顔を見て、一瞬だけ、僕はあらゆる心配ごとを忘れる。ただし、それは一瞬だけで、次の瞬間にはまた別の心配をし始めている自分に気がつく。心配ごとの種は尽きることがない。

「考えてみると、部長さんて、大したことないかもね」とはるかの母親は言う。相変わらず、何を基準に話しているのか分からない。

「大したことないかもしれません」と僕は答えた。

「部長さんのことなんか、その会社の人以外は誰も知らないものね」

「そうです。渋谷のハチ公前で1000人にインタビューしても、誰一人、そんな人のことは知りません」

今度ははるかの母親が笑い、「あなた、面白いことを言うわね」と言った。

「いまのは受け売りです。先週、ある編集者が僕にそう言ったんです」

「へえ。その人、どうしてあなたにそんなことを言ったの?」

「世間の人は、取替えのきく人間には興味を持たない。社長や部長はもちろん、総理大臣の代わりだっていくらでもいる。でも、小説家や画家や音楽家の代わりはそうはいない。

君は交換不可能な人間だ。だから本を書けって、まあ、そういうわけです」

「それで、書くことにしたの？」

「その話は断わりました」

「どうして？」

「だって、それを言う編集者自身が会社に所属しているわけですよ。社長なんか大したことないと言いながら、本人は会社の隅っこで仕事をしているわけで話に矛盾がある」

「なるほど、あなたは論理を大切にする人なのね」

「いいえ、僕は矛盾や論理破綻は気にならない方です。自分自身が矛盾だらけだから。断わったのは、単に君呼ばわりされたのが気に入らなかったからです」

はるかの母親は声をあげて笑った。ただし、今度はさして面白くもなさそうな笑い方だった。

僕は自分でグラスにワインを注ぎ、新しい煙草に火をつけた。6月の風は不思議な吹き方をしていた。木々を見つめ、風の動きを予測しながら、舌を丸めて小さな煙の輪を吐き出した。煙は一瞬だけ僕の前に留まり、すぐに生暖かい風に運ばれていった。

「いなくなってよ」とはるかの母親は言った。

「失礼？」と僕は訊ねた。煙の輪を作るのに熱中していたせいか、最初は空耳だろうという気がした。

「あなた、さっき少し笑ったわよね」

「気に障りましたか」

「いいえ、ちっとも」そう言うと、彼女は腰かけていたデッキチェアーを僕の方に近づけた。

「あなたにお願いしたいことがあるの」

「何でしょうか」

「怒らないで聞いてくださる？」

「僕は生涯で数えるくらいしか怒ったことはありません」

「じゃあ、安心して言うわ。これから2時間だけ、あんなふうに笑って、それでもういなくなって頂戴」

少しの間、僕は黙ったままでいた。もう一度、煙の輪をこしらえようとしたけれど、上手くいかなかった。

煙を吐き出しながら、僕は会ったこともない新聞社の部長のことを考えた。小暮さんによれば、泉岳寺の家は彼が3年前まで住んでいた家だ。確かに広い家ではあるらしい。でも、そこは別れた奥さんの実家だ。別居したのと同時に彼はそこを出て、いまは麻布十番に部屋を借りている。泉岳寺に荷物を送ったって届きっこないのだ。

「分かりました。あと2時間笑って、それでいなくなることにします」

「気を悪くしないでね。どう見ても、あの子はいま道を踏み外そうとしている。私はそれが気がかりでならないのよ」

「分かります」

そう答えたものの、実際にはよく分からなかった。というか、分かりたくなかった。普通に考えればはるかの母親の方に理がある。誰が考えたってそうだ。でも、どの道が正しくて、どれが間違っているかなんて、それこそ誰にも分かりっこない。

# 21

ディナーは6時半に始まった。

夕方のニュースは、どこも時間をかけて日本の敗戦を報じていた。それ自体、僕にはもうずいぶん前の出来事のように感じられた。飲みすぎたせいかもしれない。僕はチーズフォンデュを食べ、ワインを飲み、トマトとバジルの冷製パスタをお代わりした。そしてよく喋り、よく笑った。とはいえ、何を話し、何を笑ったのかも憶えていない。最後に出されたエスプレッソを飲んで、はるかの母親は目を白黒させた。エスプレッソにはグラッパがたっぷり入っていた。

僕は9時前に部屋を出た。はるかと並んで、黙ったままで駅まで歩いた。彼女は2人分の切符を買い、ホームまでついてきた。「じゃあ」と手を振っても、帰ろうとしない。ホームのベンチに腰かけて煙草を吸い、何本も電車を見送った。はるかは、とっくに何があったのかを察知している。ゆうべ、僕のことで母親と大喧嘩をしたのだという。それについて喋りたくてうずうずしているのが伝わってくる。それでいて、僕の方から訊ねるまで喋るまいと決めているのだ。

「はるか」と僕は呼びかけた。

「何？」

「結婚するの？」

「するかもしれない」

「誰と？」

「さあ、誰とかしらね。その気にさえなれば、私は明日にでも結婚できるわ」

「誰と結婚するのかと訊いているんだよ」

「答える前に、私も一つ質問していいかしら」

「何だ？」

「あなたは結婚しないの？」

「もうしている」

「もう一度、ということなのだけれど」

「しない」

「じゃあ、私もしない」

「それはそっちの勝手だ」

「そうよね」

電車は空いていた。それでもなかなか乗る気になれず、ベンチに腰かけて煙草を吸い続けた。そのうち、はるかはハンドバッグの中を探り始めた。

「どうしたの?」と僕は訊ねた。

「ニューヨークからバッハのCDを取り寄せたの。あなたもきっと気に入るわ。リヒターもグールドも真っ青のバッハよ。こんなに綺麗なアリアは聴いたことがないわ。ダビングしておいたから、私だと思って聴いて」

はるかはハンドバッグからMDを取り出し、一つひとつの曲の解説をする。僕は赤いMDを眺め、11時には電車に乗ろうと決意する。僕の決意は固い――はずだったのだが、じきにその決意も萎え、近くのしけた居酒屋に入る。そこでどんな話をしたのか、よく憶えていない。記憶にあるのは、サラリーマン風の連中のサッカー談義に加わったことと、7月の半ばにはるかと会う約束をしたことだけだ。正確に言えば、会う約束をしたのではない。彼女はただ場所と日時を指定し、そこに葉子を連れて来てほしいと言ったのだ。自分の方から話しかけることはしないし、目立つようなことは誓って何もしない。ただ、あなたが妻に選んだ女がどんな人なのか、どうしてもこの目で見ておきたい。それで最後にするから、と。本当だな、と僕は念を押し、彼女は同意する。念を押しておきながら、何が本当なのかさえ僕には分からない。

「大丈夫、私も結婚する相手を連れて行くから。あなたも遠くから彼を観察すればいいのよ」

そう言うと、はるかは携帯に文章を入力し、結婚相手にそれを送信した。5分ほどで、〈7月12日、了解〉という返信メールが届いた。それを見て、初めて新聞社の部長の名前を知った。この人は会社のアドレスを使い、平日の午後のコンサートにも出てこられる身分なのだ。

これは何かの罠かもしれない。僕は一瞬そう考える。しかし、僕なんかを罠にかけても始まらないだろう。そう思いながら携帯で7月12日のスケジュールを確認する。この日は金曜日で、翌日は出版社へ行かなければならない。またしても小暮さんの顔を思い出し、僕は憂鬱になる。そして、もう少し飲もうという気になる。それなら三宿にグラッパを飲みに行きましょう、とはるかは言う。大型のスクリーンが地下にあり、ドリンクもメニューも豊富な店なのよ、と。そうしようか、と僕は答える。2時24分——勘定を済ませた僕は、やっぱりこれは何かの罠に違いないと思う。

# 22

何日かして、大ぶりの封筒が郵送されてきた。差出人名は書かれていない。封筒には無地の便箋と二つ折りにされたチラシが入っていた。

**東京大学教養学部　第94回オルガン演奏会**
**J・S・バッハ(1685―1750)**
協奏曲第1番　ト長調　BWV592
トリオ・ソナタ第6番　ト長調　BWV530
コラール・パルティータ「恵み深きイエスを迎えよ」　BWV768
コラール前奏曲「われ神より去らじ」　BWV658
パッサカリア　ハ短調　BWV582
オルガン　クラウス・エレンベルガー
2002年7月12日(金)13時～　東京大学教養学部900番講堂

# 23

山手のインターナショナル・スクールの周辺は路上駐車をするのがひと苦労だ。ジョーンに頼まれて何度かアンディを迎えに行ったことがあるのだけれど、そのたびにさっさと移動しろとせっつかれ、不愉快な思いをする。うるさく言ってくるのは、どこから見ても日本人の顔をした老女だが、18歳の時に米兵と結婚したという彼女は英語しか話さない。

いまは口うるさい老女の姿はなく、学校は閑散としている。6月ですべての授業が終わったのだ。校門の前で待っていると、葉子がアンディを連れて出てきた。マイケルとジョーンは7月いっぱいで帰国することになり、彼らがマンハッタンに部屋を探しに行っている間だけ、僕たちはアンディとクリスの面倒を見ている。面倒を見ているといっても、運転をすること以外、僕にはあまりすることもない。

助手席に乗り込んできたアンディに「レッツ・ゴー」などと言われ、僕はすぐ近くの根岸森林公園まで車を走らせる。公園の駐車場はがらがらだ。暑いし、公園で遊ぶのはもう飽きたと子供たちは言う。彼らは本牧のプールへ行きたがっている。気持ちは分かるけれど、駐車場を確保するのに30分は待たされるので、僕は聞こえない振りをする。公園へ行けば行ったで、彼らは大喜びで走り回るのだ。

子供たちがはしゃぎ回っている間、葉子は木陰で本を読み、僕は坂の下までぶらぶらと歩く。そのへんの店で子供たちが欲しがっているカードやお菓子を買い、ついでにビールを何本か買う。もう3日もこんなことを繰り返している。午前中は寝ているからいい。僕が直面しているのは、さしあたって、この午後の時間をどうやり過ごすかということに尽きる。

「今年の夏は暑くなりそうだな」

葉子のところへ戻って無理やり乾杯をし、そう言ってみる。彼女は黙ったままで頷き、また本を読み始める。僕は芝生に寝転び、入道雲を眺めながら、なぜかドイツのことなどを考える。そして、でたらめな歌詞で『魔笛』の一節を口ずさみ、パパゲーノの話をする。葉子が聞いていていようがいまいが勝手に喋り続け、たまにアリアを歌う。曲目は『俺は鳥刺し様だ』。

そのうち葉子は根負けし、少しずつ口をきき始める。僕は新しい缶ビールを開け、またパパゲーノの話をする。葉子は読んでいた本を閉じ、僕の話に頷きながら子供たちの姿を目で追う。子供たちは水飲み場でふざけていて、遠目からでもTシャツが水浸しになっているのが分かる。

「あの子たちを連れてくるよ」

そう言って、子供たちの方へ歩き出した時、携帯が振動し、バッハの『小フーガ』が鳴り出した。はるかからメールが届いたのだ。葉子は気がつかなかったらしく、また本の続きを読み始めた。僕は携帯を機種ごと変えることにしようと決意し、もう一度、ドイツのことを考える。

〈悋気は女の七つ道具というけれど、私の場合、七つどころではなかったわね。これまでのことをあなたに謝りたい。

愛するという言葉はもともと日本語にはなく、オランダの宣教師によって伝えられたものだそうよ。その原義は「大切にする」ということ。あるいは、大切に思う。あなたを大切にしたいのに、どうしたらいいのか分からない。思いのたけを伝えたいのに、どうすればいいのか分からない。それをいつも考えてきたのだけれど、私にはまだ答えが見つからない。ただし、あなたを解放してあげることはできるかもしれない。

haruka〉

# 24

長い間、東京に住んでいたけれど、駒場東大前で下車したのは初めてだった。井の頭線に乗ったこと自体、ずいぶん久し振りのような気がする。最後にこの電車に乗ったのがいつで、何の用があって乗ったのかも憶えていない。

そう話しかけても、葉子は頷くだけで口を開こうとしない。一時の険悪なムードは去っていたけれど、わざわざ東大までオルガンを聴きに行く理由が分からず、何だか怪しいと思っているのだ。言うに事欠いて、「音響がいいらしい」と言ったのはまずかった。コンサートホールでもないのに、音響がいいはずがない。いまはただ、音響が最悪じゃないことを祈るばかりだ。

ホームには東大生らしき連中が大勢いた。彼らの跡について階段を昇り、改札を抜けると、その先はもう駒場キャンパスの正門だ。

改札を出たところで急に陽射しが強くなり、正門前の広場が白く光って見えた。葉子は幼稚園の話をし、次男がいじめに遭っているような気がすると言った。事実なら由々しき問題だが、正門の横にはるかが立っているのを見て、僕はいったんその話題を棚上げにする。

はるかは左眼に眼帯をしていた。額にも大きなガーゼを当てて日傘を差している。そんな女は他にはいないから嫌でも目につく。葉子も話すのをやめて、怪訝そうな目ではるかの方を見た。何があったのだろう？　気になって仕方がなかったが、もちろん訊ねるわけにはいかない。代わりに次男のことを葉子に訊ね、「冗談じゃない」などと呟きながら正門をくぐり抜けた。

僕は正門の近くにある案内板で９００番講堂の位置を確認した。左斜めにある建物らしい。葉子は額の上にハンドバッグをかざし、陽射しの強さにうんざりしている。開演まで間があったので、食堂の場所も調べた。そんな僕たちを横目で見て、はるかは葉子のすぐ横を歩いて行く。新聞社の部長の姿はどこにも見当たらない。

＊

「知らなかった」食堂で向かい合うと、葉子はそう言った。「あなた、バッハが好きだったの？」

パンフレットに眼を通しながら、「まあ、普通だよ」と僕は答える。

「最近はクラシックばかり聴いているものね。どういう風の吹き回しだか」

「バッハは音楽の父だからね」

「へえ。じゃあ、音楽の母は？」

「それはもちろん」と言ってから、僕は言葉を探す。「バッハの奥さんだよ」

葉子は声を上げて笑う。そんな風に笑うのを見たのは本当に久し振りだった。

「ほら、よく言うじゃないか。バッハ以前にバッハなし、バッハ以後にもバッハなしって」

そう言ってからメールを読まれていたことを思い出し、僕は急に口ごもる。いつ頃から読まれていたのか、未だに判然としないのだ。

「人間て、変われば変わるものね」と葉子は呟いた。

「進歩したと言ってくれないか」

「そうなのかもしれない。でも、あなたほど変わり身の早い人も珍しいわ」

話が望ましくない方向へ傾きかけている。話題を変える必要がある。

「そのへんから灰皿を持ってきてくれないか。それにジュースも飲みたいな」

「この建物は全館禁煙みたいよ」

「じゃあ、ジュースを買ってくる。お前は何にする？」

「水でいいわ」

僕はいったん食堂を出て、外の自販機で缶ジュースを買った。開演まで、まだ20分近くもあった。ジュースを飲みながら、近くにいた学生たちの会話に聞き入った。今大会のベストゴールは何だったかという話だ。マイケル・オーウェンかロナウドのゴールだという結論に傾きかけているが、彼らは何も分かっていない。ロナウジーニョのアシストをリバウドが左足で合わせたゴール——あの美しいゴールに決まっているじゃないか。

外は暑く、キャンパス全体が湯気を立てているかのようだった。学生たちは日陰を探すようにして歩いている。とはいえ、太陽は真上にあり、どこにも逃げ場はない。煙草を1本吸ってから食堂に戻った時、入口近くのテーブルにはるかがいることに気がついた。モバイルの液晶を覗き込み、キーボードを叩いている。僕は葉子のところへ戻り、「散歩をしよう」と誘った。

「冗談はよして。日に焼けちゃうわ」

「日傘を買ってこようか」

「要りません」

「じゃあ、講堂で会おう。早目に行って、なるべくいい席をとっておく」

「そうしておいて」

食堂を出て5分くらい歩き、900番講堂の裏手からはるかに電話をした。チューニングをしているのか、講堂からパイプオルガンの音が聴こえてきた。

「今日は暑いな」と僕は言った。「もうビールが飲みたくなったよ」

はるかは黙ったままだ。どうも様子が普通じゃない。

「どうして眼帯をしているの?」

「殴られたのよ」

「殴られた? 誰に?」

「彼の仲間よ」

「どういうこと? 講堂の裏にいるから、ちょっと来てくれ。5分間だけ話そう」

「無理よ」

「どうして?」

「あなたの奥さま、さっきからずっと私の方を見ている」

「大きな眼帯をしているから気になるんだろう」

「じゃあ、試しにそちらへ行ってみようかしら。彼女を連れていくことになるわよ」

「分かった、試さなくていい。新聞社の人は？」

「彼は来ないわ。多分、もう永遠に」

「そうか。でも、どうして殴られたの？　当事者でもない男に」

「そのうちメールにでも書くわ」

「明日、会おう。その時に話を聞かせてくれ」

「もういいわ。あなたと一緒にいると、ひどい目にばかり遭うんだもの」

「殴られたのは俺のせいなのか」

「決まっているじゃない。それ以外の理由で、どうして私が男に殴られるのよ」

「分かった。メールにその男の名前と連絡先を書いておいてくれ。俺が話をつける」

はるかは僕の言葉を無視して言う。

「殴られてよく分かった。よくよく分かったわ。男の人たちは、みんな、あなたのことが嫌いなのよ。あなたのことなんか、知りもしないくせに」

言うべき言葉を探しながら歩き回っていると、講堂の方からパラパラと拍手が聞こえ、マイクを通して女性の声が聞こえてきた。それから、もう一度、今度は盛大な拍手が湧き起こった。ドイツ人のオルガニストが入場してきたらしい。

「始まるのね」とはるかが言った。

「うん、一緒に聴かないか」

「そんな気もないくせに。奥さまはさっきそちらへ向かったわよ」

ドイツ語での自己紹介が始まり、時折、通訳の声が挟まる。通訳の声は低く、何と言っているのか分からない。オルガニストはずいぶん長く話した。ひと呼吸置き、最後に彼は「ヨハン・セバスティアン・バッハ」と言った。その一言で講堂全体が静まり返り、また拍手が起こった。

「どのへんで聴く？」と僕は訊ねた。

「私はもう帰る。眼が痛くて仕方がないの。今度、精密検査を受けるのよ」

「そんなに悪いのか。弁護士には？」

「大丈夫、東京で一番の弁護士に相談したから。細かく算定してもらって、ありったけ請求してやるつもりよ」

「警察にも行った方がいい。一緒に行くよ」

「甘く見ないで。私は検事と話をするわ。東京地検にいる先輩に電話したら、明日、家に来てくれるそうよ。でも、あなたのことを話したら、彼もあなたのことが嫌いになったみたい」

はるかはそう言って笑い、僕も一緒になって笑う。そうこうしているうちに、パイプオルガンが鳴り出した。はるかの母親が好きな協奏曲第1番ト長調だ。音響は――正直に言って、そんなことはよく分からない。けれども、分からないなりに僕は陶然とし、オルガニストが重々しく口にした「ヨハン・セバスティアン・バッハ」という響きを懐かしむ。いや、違う。彼はこう言ったのだ。ヨハン、ゼ、バ、ス、ティ、アン、バッハ、と。

「正門の前で待っているよ」と僕は言った。

「いいのよ。早く講堂に入って、奥さまとバッハを楽しんで」

「バッハなら、この前もらったMDで聴く。あれが大好きだ」

「私もよ。あんなふうに解釈されるなんて、やっぱりモーツァルトを超えている。断然、超えている。バッハこそ比類がないわ」

そう言うと、彼女は声を震わせた。泣いているのだ。

「そのへんで少しだけ喋らないか」と僕は言った。

「ううん、今日は帰る」

「少しだけでいい。門の前で待っているよ」

僕は電話を切り、正門の前ではるかを待った。そこにもバッハが聴こえてきた。その間、大勢の学生が門を出たり入ったりした。正門前は、ちょっとした繁華街なみだ。国立大学の中で、学生数が最も多いのがこの大学だと何かで読んだ記憶がある。これはこれで一つの街なのだ。

20分以上待っても、はるかは来なかった。食堂にもいなかったし、携帯も繋がらない。7月半ばの太陽は強烈で、それ以上待つことは出来なかった。僕は諦めて講堂へ入った。そこもかなり暑かったけれど、陽射しから逃れられただけでも有り難かった。

座席は4分の3ほど埋まっていた。聴いているのは200人くらいだろうか。葉子は10列目くらいの席に一人で座っていた。彼女もそうなら、講堂にいる人たちの大半が身体をよじって入口の方を見上げていた。パイプオルガンは入口の上にあるのだった。

僕は入口に近い席に腰かけた。プログラムは半分以上、終わっていた。オルガンは僕の真上にあり、身をよじってもここからは何も見えない。200人の東大生に見つめられているみたいで、居心地が悪かった。目が合ったような気がしたので軽く手を上げたものの、葉子は何の反応も示さない。あっさり無視されたのか、それとも熱心に聴き入っているせいなのか、僕にはまるで分からない。汗を拭いていると、はるかからメールが届いた。

ラジオ・エチオピア187――「ヨハン・セバスティアン・バッハ」

〈眼窩底骨折で全治1ヵ月。殴り倒された時に腰と背中も打った。昨日の検査では後遺症が現れるかもしれず、斜視になるか、場合によっては左眼を失明する可能性もある、と。

それを聞いて、真っ先にあなたのことを思った。あなたは石のように冷たい人だから、そうなったらもう相手にしてくれなくなるだろうな。そう思って哀しくなった。でも、もういい。私はあなたから離れることに決めたから。

少し前まで、私は一人で何役もこなさなければならない自分にとても疲れていた。それが、あなたと出会うことによってずいぶん変わった。色々なことがどんどんできるようになったのよ。あなたと過ごす時間を作るために、毎日毎日、それこそ必死になっていたから。それでも時間が作れそうにないと分かると、プレッシャーを感じて押しつぶされそうになった。その苦しさにどう耐えればいいのか、私には分からなかった。手を伸ばせば、すぐあなたに手の届くところにいる人が羨ましかった。だから、あんなに何度も淋しい、哀しいって書き連ねたのよ。

ゲーテが書いていたわね。生活はすべて次の二つから成り立っている。したいけど、できない。できるけど、したくない——みたいなことを。私は、したいことは必ずできるはずだし、したいと念じ、一生懸命にやれば叶うはずだと信じてきた。現実にはなかなかそうはいかないけれど、だからといってくじけて諦めるのじゃない。それなのに、あなたは平気で「世の中にはどうにもならないことがある」と言う。

どうにもならないことなんて、この世にあるのかしら。もしそう感じるのだとしたら、それは何かをしようとせず、あるいは臆病になって現状を維持したいからだけだからではないの？　そういう意味で言ったのではないと思うけれど、安易に言うあなたのその不用意さ、無神経さ、整合性のなさが私を苛立たせる。

本当にしたいこと、そしてしなければいけないこと、それは自分が望んでいるのとは別のところにあるのかもしれない。ふと、そんなふうに感じた。でも、それも、ゆっくりと休んでから考えることにしたい。偉そうなことを言っておいて、私も結論を先延ばしにしているのかな。ともかく、いまは眠りたい。いまはただ何ものからも解放されたい。

あなたはきっと笑うだろうけれど、私が求めていたのは、あなたとの愛と信頼だった。生活や常識や形式ではなく、一度しかない人生の中で本当に心と心を通わせあうということ。簡単なようでいて、それは人としてそう何度も経験できることではないと思えたのよ。短い間ではあったけれど、私たちにはそれがあったように思う。人と出会って、恋に落ちて、誰もが経験することではあるけれど、自分の愛だけは特別だと信じる。私もそう。いつもそう。この人こそ、運命の人だと。だけど、そんな言い尽くされた言葉では表しきれないほどの熱情が毎日毎日溢れていた。形のない何かに怯えながら、それでも突き進むしかなくて、これまでずいぶん乱暴な時間を重ねてきたように思う。でも、後悔はしていない。

モーツァルトの崇拝者だったリヒャルト・シュトラウスは言っている、「ジュピター交響曲は、私が聴いたことのある音楽の中で最も偉大なものである。終曲のフーガを聴いた時、私は天にあるかの思いがした」と。

私もいつか、同じ言葉をあなたに捧げたい。家も車も財産も、そんなものは遅かれ早かれ全部消えてなくなってしまう。でも、モーツァルトはけしてこの世から消えてなくなることはないわ。そのモーツァルトが崇拝したバッハを今日は心行くまで楽しんで。そしていつの日か、私のために『ジュピター』を書いて——と書いてみたけれど、あなたにそれができるかしら。

ゲーテは一つだけ書き忘れている。この世には、したいし、やらなければならないこともあるはずよ。ご健闘をお祈りするわ。

ごきげんよう。

haruka〉

# 25

「それで」と小暮さんは言った。「それでどうなった?」

「それっきりです」と僕は答えた。

「よかったじゃないか」

「そうかもしれません」

　9月末の深夜――僕たちは東中野にある小暮さんのマンションで話をしている。スウェーデン製のテーブルを挟んで1ダースものギネスを飲み、なぜかエンヤなどを聴きながら。数時間前、僕たちはほとんど3ヵ月ぶりに口をきいた。最初のうちは少し気まずかったけれど、乾杯を繰り返しているうちに酔いが回り、結局、何事もなかったかのように飲み続けている。

　夜中の2時過ぎだというのに、5分おきにテーブルに置いた小暮さんの携帯が光り、その都度、『フィガロの結婚』の序曲が鳴る。悠子さんからだが、小暮さんは出ようとしない。前の晩、喧嘩をしたらしい。結局は仲直りするのに、年がら年中、同じようなことを繰り返している。しばらくすると、今度は僕の携帯が光り、『小犬のワルツ』が鳴り出す。やはり、悠子さんからだ。「俺とは会っていないと言え」と命じられ、僕はその通りに答える。悠子さんは怪しんでいる。意地の張り合いに付き合いながら、また小暮さんと乾杯をし、僕はひと息でギネスを飲み干す。

「しかし、このメールはすごいなあ」

小暮さんはソファーに横になり、両足をばたばたさせながら、はるかが最後によこしたメールを読んでいる。楽しくて仕方がないといった感じだ。

「お前、この女のことがまだ好きなのか」

「ええ」と僕は答える。「生まれ変わったら結婚しようと思っているので、小暮さんもぜひ生まれ変わって、悠子さんと一緒に仲人をお願いします」

「黙れ」と言って小暮さんは笑う。「お前のその不用意さ、無神経さ、整合性のなさが俺を苛立たせるんだよ」

「それは失礼しました」

メールを読みながら、小暮さんは時折、嬉しそうに声を上げる。また『小犬のワルツ』

が鳴ったが、もう放っておいた。

「ジュピターか」と小暮さんは呟いた。「そんなものが書けたら誰も苦労しないよな」

「本当です」

「お前、いつもMDで何か聴いているけれど、それにもジュピターが入っているのか」

「入っていたかもしれません」

「だったら、ちょっと聴こう」

「分かりました」

僕は鞄からケースを取り出し、『ジュピター』が入っているMDを探した。20枚くらい持ち歩いているので、すぐには見つからない。小暮さんはプリントアウトしたメールを見ながら、携帯に文字を入力し始めた。

「ジュピター、ないですね」と僕は言った。

「なきゃしょうがない」

「はるかにメールを出すんですか」

「ひと言激励するだけだ」と小暮さんは言う。「気にせずにビールでも飲んでいろ。これを読んで、あの女のことがちょっぴり気の毒になった」

ひと言だけと言いながら、彼は考え考え、5分近くも携帯をいじっていた。そのうち携帯を放り出し、パソコンを起動して文章を打ち始めた。その様子を見て、僕はあらためてこの男のことが好きになった。

*

その1時間後、携帯が光り、ほぼ2ヵ月ぶりにバッハの『小フーガ』が鳴った。はるかからメールが届いたのだ。件名は付されていなかった。

〈今年の夏は暑かったわね。お元気にしていらっしゃる？　横にいる小暮さんには、あなたから「ありがとう」と言っておいてください。

それじゃあ、おやすみなさい。

haruka〉

予感があってパソコンを起動すると、案の定、メールが届いていた。やはり、件名は付されていない。

〈お元気ですか？　そうだといいのですが。

私は元気です——と言いたいところですが、そう言ったら嘘になってしまう。

打撲が引くのを待って、あの後、簡単な手術を受けました。それでも左眼の周囲の違和感が消えないので、先週、あらためて精密検査を受けました。その結果、ついた病名が

「脱髄疾患」。簡単に言うと、神経の束の一部が脱落するということのようです。視覚障害が主症状ですが、良くなったり悪くなったりを繰り返しながら、だんだん治癒するか悪化していく。若い担当医師の説明は、そのようなものでした。

そのせいかどうか、ゆうべもほとんど眠れませんでした。疲労がたまっているから、眠らないと体調まで崩してしまう。医者はそういうけれど、眠らなければという焦りが、ますます私をおかしくしてしまう。それでまたレンドルミンを飲むようになってしまった。とっくにやめたはずなのに、本当に意志の弱い女よね。でも、いい。あなたとの思い出があるから、いまはそれを胸に抱いて眠りたいと思う。

バッハの比類なきカンタータ、22歳のグレン・グールドが弾いた『ゴルトベルク変奏曲』、メンゲルベルクの『マタイ受難曲』、ロラン・バルト、マーガレット・ドラブル、そしてあなたが書いたあの本。……それがこの半年間、私が毎日触れていたものだった。でも明日からは、また違うものを見つけていくのだと思う。そうでありたいし、そうでなければと思っている。

ともかく、今日はレンドルミンを飲んで休むことにします。無責任と知りつつ、いまはただ、あらゆるものから解放されたいと願っている。社会性の欠如を隠しながら不安をしまい込んできたけれど、それももう限界かもしれない。でも、心配しないで。私は大丈夫だから。


どうか、身体だけはご自愛なさってください。無理はしても無茶はしないで。

だから。

それじゃあ、今度こそ、ごきげんよう。

haruka〉

メールを読み終えると、僕はもう一度、鞄の中を探った。赤いMDは1つだけだったので、すぐに見つかった。等々力駅のホームで、はるかからもらったMDだ。

「小暮さん、これをかけてもらえませんか」と僕は言った。

「何だ、それは？」

「バッハです」

「バッハか。暑苦しそうだけれど、まあいいか。じゃあ、それを聴く前に最後の乾杯をしよう」

「そうしましょう」

僕たちは乾杯し、ギネスを飲み干した。小暮さんがMDプレーヤーのスイッチを押すと、電子音楽のバッハが鳴り出した。『スイッチト・オン・バッハ』だ。

「おいおい」と小暮さんは言った。「これは何だ？」

「カンタータの29番です」

「そうかもしれないけれど、誰がやっているんだ」

「ウェンディ・カルロスです」

「そうか。よく知らないけれど、すごいな」

小暮さんがボリュームを上げると、電子音のバッハが部屋中に響き渡った。まるで100台くらいもの携帯が一斉に鳴り出したみたいだ。僕たちはギネスを飲みながら、ウェンディ・カルロスを聴いた。途中からテキーラにした。ライムはなかったけれど、この際、そんなことはどうでもよかった。何度聴いても、ウェンディ・カルロスには圧倒されてしまう。はるかが言っていた通りだ、バッハはこの世の何よりも素晴らしい。

小暮さんは、もう完全に酔っ払っている。朝の5時半だというのに、悠子さんに電話をかけろという。でもまあ、すぐにかけたのだから、僕も似たようなものかもしれない。「もしもし」と言いかけたところで、「馬鹿」と言って電話は切られた。「眠っているみたいです」と報告すると、小暮さんはクッションを放り上げ、隣の部屋までそれを蹴飛ばした。

一瞬だけ、携帯の着信ランプが光った。はるかからだ。パソコンを起動すると、ピンク色の文字が目に飛び込んできた。それを読んで、「畜生」と僕は叫ぶ。「畜生は悠子だ」と小暮さんは言う。

ラジオ・エチオピア189――「星の文士」

へおはよう！

日差しが真っ直ぐに射し込んでいる。まるで私たちみたいよ。今日は33度まで上がるんですって。もう一度、夏が来たみたいで嬉しいな。

レンドルミンを5錠も飲んだのに、結局、一睡もできなかった。レンドルミンもメラトニンも、私にはもう効かない。でも、いいわ。第一、もう眠りたくなんかない。ベランダに出てケンジェーエフの『星の文士』を読んでいたら、こんな文章を見つけたのよ。

彼は夜毎に自分の女を支配する。
女は笑って夕食の仕度をし
食後は、この夫を支配する。
しかし、男を魂の不具者へと変える
誘惑がやってくる
………
真剣な会話に真理を渇望する。

まだ小暮さんのところなの？

ひと眠りしたら駒沢公園へいらっしゃらない？　一緒にお散歩をして、『神戸屋』でランチをいただきましょう。

素晴らしい陽気よ。

haruka〉

＊

9月23日、午前7時28分――東中野の部屋には、バッハがリフレインで流れている。『目覚めよと叫ぶ声が聞こえ』――ウェンディ・カルロスのせいで、とても眠れそうにない。

僕は小暮さんの携帯から葉子に電話をかけ、子供たちと順番に話をした。それから冷蔵庫の奥に1本だけ残っていたギネスをグラスに分け合い、この日、何度目かになる乾杯をした。

初出

ラジオ・エチオピア
「文學界」２００３年４月号

蓮見圭一　Keiichi Hasumi

作家。
1959年生まれ。
2001年、『水曜の朝、午前三時』（新潮社）が
ベストセラーとなる。
本書はそれに続く第2作。

# ラジオ・エチオピア

２００３年６月３０日　第１刷発行

著　者　蓮見圭一《はすみけいいち》

発行者　寺田英視

発行所　株式会社　文藝春秋
東京都千代田区紀尾井町３-２３　〒102-8008
電話(03)3265-1211(大代表)

印刷所　大日本印刷

製本所　加藤製本

定価はカバーに表示してあります。
万一、落丁乱丁の場合は送料当社負担でお取替えいたします。
小社営業部宛お送りください。
 ISBN4-16-321980-3